Michael Kerawalla

Jibby

Die einsame Elfe

Michael Kerawalla

Jibby

Die einsame Elfe

Bibliografische Information der Deutschen Nationalbibliothek
Die Deutsche Nationalbibliothek verzeichnet diese Publikation
in der Deutschen Nationalbibliografie;
detaillierte bibliografische Daten sind im Internet
über www.dnb.de abrufbar.

Herstellung und Verlag: BoD – Books on Demand, Nordersted

ISBN: 978-3-7481-0904-4

Für alle verletzten Seelen

Inhalt

Ein hilfloses Mädchen

Endlich war es soweit! Auf diesen Tag hatte sich Tom lange gefreut. Diesmal hatte er für sein Vorhaben eine Ferienwohnung am Waldrand gemietet, die er nun am frühen Morgen verließ. Tom liebte es, draußen in der Natur zu sein. In der Vergangenheit hatte er mit den Pfadfindern oft im Freien übernachtet, was er stets sehr genoss, doch inzwischen ließ ihm sein Beruf kaum noch Zeit dazu. Deswegen wollte er heute, an seinem fünfundzwanzigsten Geburtstag, durch den Wald wandern, dort eine Nacht unter freiem Himmel verbringen und am nächsten Tag wieder zurückkehren. Die Wettervorhersage hatte für die folgenden Tage angenehmes Wetter vorausgesagt. So stand seinem Vorhaben nichts mehr im Weg. Die Sonne war nur ein kurzes Stück über den Horizont geklettert und der Morgennebel lag noch zwischen den Bäumen, wodurch das Umland in goldenes Licht getaucht war. Tom nannte diese Zeit die magische Stunde und genoss den Anblick, die Harmonie und die Stille der Umgebung. Hier konnte er den ganzen Alttagsstress hinter sich lassen und seinen inneren Frieden wieder finden. So wanderte er längere Zeit gemächlich weiter und freute sich an der herrlichen Natur um ihn herum. Eigentlich sollte sich der Nebel allmählich auflösen, doch scheinbar wurde er statt dessen immer dichter. Vielleicht lag es ja daran, dass es die letzten Tage viel geregnet hatte und der Boden noch mit Wasser gesättigt war. Tom störte es nicht. Er war schon oft durch diesen Wald gewandert, kannte das Gelände gut und hätte sich selbst bei wesentlich schlechterer Sicht nicht verirrt. So ging er unbekümmert weiter, doch der Nebel wollte einfach nicht weichen. Mittlerweile war er bereits so undurchdringlich geworden, dass Tom nicht einmal mehr die Sonne sah. Das konnte doch nicht sein! Inzwischen war es schon viel zu warm für so dichten Nebel! Irgendwie kam ihm auch die Umgebung immer fremdartiger vor. So hatte er diesen Wald nicht in Erinnerung behalten. Das waren nicht die Bäume, die hier sonst wuchsen und auch das Gelände hatte ein völlig anderes Aussehen! Viel zu langsam löste sich der Nebel dann doch endlich auf und gab den Blick frei auf eine vollkommen unbekannte Umgebung. Tom konnte sich unmöglich verirrt haben, dafür kannte er diese Gegend viel zu gut! Da wurden seine Gedanken jäh von einem Hilferuf unterbrochen! Der junge Mann fuhr herum, versuchte zu ermitteln woher der Ruf kam. Kurze Zeit später hörte er den Hilferuf noch einmal. Jetzt erkannte er die Richtung und eilte los. Da rief ganz eindeutig ein Mädchen um Hilfe, und sie schien nicht allzu weit entfernt zu sein! Tom lief so schnell, wie es der unebene Untergrund zuließ. Wieder ertönte der Hilferuf, diesmal schon deutlich näher! Der junge Mann blickte sich suchend um, konnte jedoch das Mädchen nicht entdecken. So rannte er weiter, bis plötzlich der Ruf direkt über ihm erschallte. Tom bremste seinen schnellen Lauf und sah geradewegs nach oben. Tatsächlich erblickte er in einer Baumkrone über sich die undeutlichen Umrisse eines Mädchens. Vielleicht hatte sie sich dort oben irgendwie in den Ästen verfangen, oder sie traute sich wegen ihrer Höhenangst nicht mehr herunter. Tom legte rasch seinen Rucksack ab. »Warte, ich helfe dir!«, rief er zu ihr hinauf und kletterte dann den Baum hoch. Tom war als Junge oft auf Bäume gestiegen und ein geübter Kletterer. Es dauerte nicht lange, da war er auch schon auf gleicher Höhe zu dem Mädchen. Sie lag seitlich von ihm auf einem dünnen Ast, der bald zu brechen drohte. Ihr rechter Fuß war in einer Astgabel eingeklemmt und sie konnte sich nicht selbst daraus befreien. Sie warf Tom einen flehenden Blick zu. »Keine Angst, ich helfe dir da heraus«, sagte der junge Mann beruhigend. Er arbeitete sich zu der Astgabel vor und versuchte behutsam den Fuß des Mädchens herauszuziehen, doch jeder starke Griff von ihm verursachte ihr massive Schmerzen und sie schrie auf. So ging es also nicht. Darauf richtete Tom sich auf, drückte mit einem Arm gegen den Stamm des Baumes und presste mit kräftigem Druck seines Stiefels den äußeren Zweig der Astgabel auseinander, bis er den Fuß des Mädchens aus der Umklammerung lösen konnte. Sie sah ihn erleichtert und dankbar an, da knirschte der Ast, auf dem sie lag, beängstigend laut! Tom hielt sich mit einer Hand an einem starken Ast fest und reichte dem Mädchen rasch die andere Hand, die sie eilig ergriff und sich vorsichtig daran hochzog. Kaum stand sie auf dem Ast, gab dieser vollends nach und sie wäre mit ihm heruntergefallen, wenn Tom sie nicht festgehalten hätte. Sie schrie entsetzt auf und merkte erst einen Moment später, dass Tom sie vor dem Sturz bewahrt hatte. »Keine Sorge«, sagte Tom beruhigend zu ihr, während das Mädchen ängstlich nach unten sah. »Halt dich einfach gut an mir fest, ich bringe dich sicher vom Baum herunter«, versprach er ihr dann. Sie blickte ihn zunächst verängstigt und unsicher an, nickte dann aber tapfer und schaffte es sogar, ihm ein dankbares Lächeln zu zeigen. Darauf legte sie ihm ein wenig verlegen die Arme um den Hals. »So ist es gut, schön festhalten und sieh nicht nach unten«, sagte er mit ruhiger Stimme. Dann hangelte er sich langsam am Stamm entlang abwärts. Da er nur einen Arm frei hatte, weil er mit dem anderen Arm das Mädchen festhielt, dauerte es etwas länger, doch schließlich erreichte er sicher den Waldboden und setzte das zitternde Mädchen gegen den Stamm gelehnt auf den Boden. »So, das wäre geschafft«, sagte Tom beruhigend. »Wie geht es dir?«

Sie zögerte kurz und sah ihn ein wenig unsicher an. »Danke, mir geht es soweit gut, nur mein rechter Fuß tut ziemlich weh«, antwortete sie mit dünner Stimme.

Tom ging auf die Knie und begann ihren verletzten Fuß zu untersuchen. Sie zuckte mehrmals zusammen und schrie einmal kurz vor Schmerz auf. »Du hast Glück, er scheint nicht gebrochen zu sein, nur ordentlich verstaucht und gequetscht. Trotzdem wirst du längere Zeit weder laufen noch darauf stehen können. Ich mache dir erst einmal einen kühlenden Verband. Dann tut es gleich nicht mehr so weh«, sagte Tom zuversichtlich. Er erhob sich und suchte in der Umgebung nach bestimmten Moosen, die er mit einem Taschenmesser vom Boden löste. Dann zog er aus seinem Rucksack Verbandsmaterial und ging wieder zu dem Mädchen, das ihn immer noch unsicher anblickte. Er legte das Moos behutsam um ihren Fuß und befestigte es mit dem Verband. »So, das wird deine Schmerzen lindern und den Fuß kühlen.« Er schenkte ihr ein freundliches Lächeln, worauf sie sich etwas verlegen bei ihm bedankte. »Oh, ich habe mich ja noch gar nicht vorgestellt. Mein Name ist Tom, und wie heißt du?«

»Ich heiße Jibby«, antwortete das Mädchen nach kurzem Zögern.

Tom nickte und musterte das Mädchen. Sie war sicher nicht älter als zweiundzwanzig Jahre, hatte schulterlanges, hellblondes Haar und ein hübsches Gesicht mit Stupsnase. Ihr Körper war zierlich schlank und sie trug ein grünes Kleid mit kurzem Rock. Schuhe schien sie keine zu besitzen. »Wie kommst du denn hierher?«, fragte Tom verwundert. »Bist du ganz alleine?«

»Ich habe nach meiner Sippe gesucht und dann bei der Landung einen Fehler gemacht. Deswegen bin ich in den Baum gestürzt«, war Jibbys überraschende Antwort.

»Wie meinst du das?«, fragte Tom verdutzt. »Du kannst doch gar nicht fliegen.«

»Natürlich kann ich fliegen!«, antwortete Jibby empört und entfaltete zwei paar libellenartige Flügel auf ihrem Rücken. »Schließlich bin ich eine Elfe! Alle Elfen können fliegen.«

Tom bekam große Augen und blinzelte mehrmals, aber was er da sah, war real! Das Mädchen hatte wahrhaftig Flügel! Du ... du ... bist wirklich eine Elfe?«, fragte Tom stotternd. »Und ... du kannst ... richtig ... fliegen?«

»Normalerweise ja, aber einer der Flügel wurde bei dem Sturz verletzt, deswegen kann ich gerade nicht mehr abheben«, gestand Jibby kleinlaut.

Tatsächlich war der untere Rand des linken vorderen Flügels zur Hälfte eingerissen. So viel konnte Tom zumindest erkennen. »Tut das weh?«, fragte er unsicher.

»Nur wenn ich den Flügel bewege«, erklärte Jibby und faltete ihre Schwingen vorsichtig zusammen.

»Das heilt aber wieder, oder?«, fragte Tom behutsam.

»Nur wenn ich den Flügel mit Schillerklee behandle, aber der ist recht selten und schwer zu finden«, antwortete Jibby niedergeschlagen. »Außerdem ist die Behandlung schmerzhaft.«

»Oh, das tut mir leid«, meinte Tom noch immer reichlich verwirrt. Um Jibby nicht nochmals zu verärgern, wechselte er das Thema. »Hast du Hunger?«, fragte er, weil ihm gerade nichts Besseres einfiel.

Jibby nickte zögernd.

»Dann, äh, schaue ich mal, ob ich etwas zu Essen finde«, bemerkte Tom, stand auf und entfernte sich rasch von Jibby, die ihm fragend hinterherblickte. In der Tat war er momentan mit der Situation total überfordert! Erst fand er sich plötzlich und völlig grundlos in einem anderen Wald wieder, den er noch nie gesehen hatte, und dann rettete er dort auch noch eine waschechte Elfe! Was war eigentlich passiert und wie war er überhaupt hierher geraten? Je länger Tom darüber nachdachte, desto verwirrter wurde er. Doch das brachte ihn auch nicht weiter, denn zurzeit konnte er dieses Rätsel nicht lösen. Vielmehr war es nun wichtig gut aufzupassen, vor allem, wenn er wirklich in einer unbekannten, fremden Gegend war! Also riss er sich zusammen, konzentrierte sich so gut es ging, und begann nach etwas Essbarem Ausschau zu halten. Er musste nicht lange suchen, denn in dem Wald fand er zahlreiche Büsche und Bäume mit fremdartigen Früchten, die er auch noch nie gesehen hatte, obwohl er sich recht gut in der Natur auskannte. Da Jibby Hunger hatte, pflückte er einige Früchte und brachte sie zu der Elfe. »Ich hoffe, dieses Obst ist genießbar. Ich kenne mich damit leider nicht so gut aus«, meinte Tom unsicher.

»Oh danke, das ist gut«, antwortete Jibby verlegen wegen seiner freundlichen Fürsorge. Dann aß sie einige der Früchte und bot auch Tom welche an, doch der lehnte dankend ab.

»Erzähl mir doch bitte einmal genau, was dir passiert ist«, bat Tom vorsichtig. »Natürlich nur, wenn du das auch möchtest.«

Jibby schilderte ihm gerne, was sich ereignet hatte. Sie war sogar dankbar, dass er sich dafür interessierte. So begann sie zu erzählen: »Als ich am heutigen Morgen erwachte, war ich ganz alleine. Während ich noch schlief, war meine gesamte Sippe heimlich ohne mich weiter geflogen und hatte mich zurückgelassen. Ich weiß nicht, warum sie das taten. Vielleicht habe ich sie zu sehr verärgert, ihnen zu viele Schwierigkeiten gemacht, oder ich war zu schusselig, ich weiß es nicht. Jedenfalls waren sie alle weg! Natürlich habe ich erst einmal die nähere Umgebung abgesucht, habe aber niemanden gefunden. Dann habe ich überlegt, in welche Richtung sie geflogen sein könnten und habe mich dorthin auf die Suche gemacht, doch auch dabei blieb ich erfolglos. So bin ich schließlich völlig erschöpft in den Baum gestürzt, wo du mich gefunden hast.«

Tom war erschüttert. »Die haben dich ganz alleine zurückgelassen?«, fragte er ungläubig.

Jibby nickte nur traurig und ihre Augen wurden feucht.

»Das tut mir sehr leid für dich. Wie konnten die nur so gemein zu dir sein?«, fragte Tom betroffen.

»Ich weiß es nicht...«, schluchzte Jibby mit gebrochener Stimme, zog die Beine an und legte leise weinend den Kopf auf die Knie.

Tom rückte etwas näher und nahm sie behutsam in den Arm, was sie sich gerne gefallen ließ. »Jetzt bist du ja nicht mehr alleine«, tröstete Tom sie. »Ich werde auf dich aufpassen.«

Jibby hob den Kopf und sah ihn aus tränenverschleierten Augen an, worauf Tom ihr ein freundliches Lächeln schenkte. Dann bedankte sie sich leise, schluckte mehrmals und rieb sich die Tränen aus dem Gesicht, während Tom ihr zärtlich über den Kopf streichelte.

Dabei bemerkte der junge Mann, dass die Elfe ein wenig fröstelte, was nicht weiter verwunderlich war, denn die Sonne begann bereits zu sinken und ein kühler Wind blies durch die Kronen der Bäume.

»Ich sollte besser ein Feuer machen, damit es uns nicht zu kalt wird«, sagte Tom, erhob sich und suchte Holz zusammen. Da meldete sich lautstark sein Magen zu Wort, was Tom daran erinnerte, dass er bis jetzt noch nichts gegessen hatte. Es dauerte nicht lange, dann hatte der junge Mann genug Holz für das Feuer gefunden und häufte es in Jibbys Nähe an einer lichten Stelle des Waldes auf. Als er einige Zeit nach seinem Sturmfeuerzeug suchte, bot Jibby ihm an, das Feuer zu entzünden. »Das kannst du doch nicht von dort aus, wo du gerade sitzt«, meinte Tom zweifelnd.

»Doch, auf die Entfernung ist das kein Problem«, entgegnete Jibby selbstsicher.

»Wie soll das denn gehen?«, fragte Tom.

Statt einer Antwort wirkte Jibby einen Feuerzauber in dem Holzstapel. Der verursachte jedoch eine haushohe Stichflamme, die einige von Toms Haaren versengte, bevor er sich mit einem raschen Sprung in Sicherheit bringen konnte. Wenige Augenblicke später verlosch die große Flamme und hinterließ einen glühenden Aschehaufen.

»Bist du wahnsinnig? Willst du den ganzen Wald in Brand setzen?«, rief Tom erschrocken.

»Tut mir leid, entschuldige bitte!«, antwortete Jibby fast flehend und nahm unbewusst eine Abwehrhaltung ein, so als ob sie befürchtete geschlagen zu werden.

Tom war über ihre heftige Reaktion sehr verwundert. »Schon gut, ist ja nichts passiert«, meinte er versöhnlich.

Es dauerte einige Augenblicke, bis sich Jibbys Schreckstarre löste und sie ihre Abwehrhaltung aufgab. Trotzdem sah sie Tom ängstlich an. Der ging vor ihr in die Hocke und wollte ihre Wange streicheln, doch sie zuckte zurück.

»Keine Angst, ich tu' dir doch nichts«, sagte Tom behutsam. Dann streckte er nochmals die Hand aus und streichelte ihre Wange, was sie sich diesmal gefallen ließ.

»Bitte verzeih, ich hab meine Magie noch nicht so gut unter Kontrolle«, sagte Jibby ängstlich und zog abermals den Kopf ein.

»Keine Sorge, mir ist nichts passiert und ich bin dir auch nicht böse«, versicherte Tom der verstörten Elfe. »Kein Grund sich zu fürchten!« Dann schenkte er ihr ein aufmunterndes Lächeln.

Jibby entspannte sich etwas. »Bist du mir wirklich nicht böse?«, fragte sie unsicher.

Tom schüttelte den Kopf. »Nein, ganz sicher nicht!«

Jibby richtete sich zögernd wieder auf und schenkte ihm einen dankbaren Blick.

Tom zwinkerte ihr aufmunternd zu und erhob sich. »Ich sammle nur noch geschwind neues Holz.« Als er dann alleine durch den Wald lief, um nach Brennholz zu suchen, sah er noch einmal zu Jibby zurück und wunderte sich, dass sie plötzlich so verängstigt war. Ihre Sippe hatte Jibby wohl nicht gut behandelt, sonst wäre sie wegen ihres Missgeschickes nicht gleich so ängstlich geworden! Wie sich gerade gezeigt hatte, war sie tatsächlich etwas schusselig, doch selbst wenn ihr ab und zu solche Missgeschicke passierten, war das noch lange kein Grund sie alleine zurückzulassen. Wenn Tom sie nicht gefunden hätte, wäre sie jetzt wahrscheinlich schwer verletzt oder sogar tot! Das konnte ihre Sippe doch unmöglich gewollt haben! Tom befürchtete, dass da wohl sicher noch deutlich mehr dahintersteckte. Doch im Moment galt es erst einmal, der verwundeten Elfe zu helfen. Alles Weitere würde sich zeigen. So konzentrierte sich der junge Mann wieder auf seine Suche nach Brennholz. Kurze Zeit später hatte Tom genug davon gesammelt und kam mit einem frischen Bündel zu Jibby zurück, stapelte es auf und entzündete es diesmal mit seinem Feuerzeug. Dann ging er zu der Elfe, nahm sie auf die Arme, trug sie zu der Lichtung und setzte sie neben das

Feuer, damit sie sich aufwärmen konnte, wofür ihm Jibby sehr dankbar war. Tom zog Camping-Geschirr und eine Konservendose aus seinem Rucksack hervor, öffnete die Dose mit einem Taschenmesser und entleerte sie in einen Topf, den er anschließend über dem Feuer platzierte. Jibby hatte ihm die ganze Zeit über interessiert zugesehen. Schließlich war das Gericht heiß genug zum Essen.

»Das riecht seltsam, was ist das?«, fragte Jibby.

»Linseneintopf«, antwortete Tom schmunzelnd, entnahm mit einem Löffel eine kleine Menge davon und hielt es Jibby vor den Mund. »Hier, probier mal!«

Jibby nippte vorsichtig an dem Löffel und verzog das Gesicht. »Brr! Das schmeckt mir nicht!«

»Um so besser, dann bleibt schon mehr für mich!«, antwortete Tom schmunzelnd.

»Das kannst du gerne alleine essen«, brummte Jibby und schüttelte sich.

»Mit dem größten Vergnügen!«, sagte Tom grinsend und erntete von Jibby eine Grimasse. Dann schöpfte er sich eine Portion Eintopf auf seinen Teller und schenkte sich etwas Wasser aus einer großen Feldflasche in einen Becher ein. Jibby hatte sicher auch Durst, so nahm er die Abdeckung der Flasche, die auch als Becher diente, füllt ihn ebenfalls mit Wasser, und reichte ihn Jibby. Die nahm dankbar einen großen Schluck aus dem Behälter. Bevor er zu essen begann, fragte er Jibby noch, wie es denn ihrem Fuß ginge.

»Danke, schon besser. Er tut zumindest nicht mehr so weh wie vorher. Wenn ich ihn nicht bewege, sind die Schmerzen erträglich«, antwortete sie.

Tom nickte zufrieden und aß den Eintopf auf. Dann reinigte er das Geschirr an einem nahen Bach, räumte alles wieder zusammen und verstaute es in seinem Rucksack. Mittlerweile hatte es zu dämmern begonnen und Tom fragte sich, wie er und Jibby die Nacht verbringen sollten. Schließlich löste er die Isomatte vom

Rucksack und rollte sie neben Jibby auf. Die Elfe war ehrlich verwundert, was für faszinierende Dinge er besaß. »Wenn du willst, kannst du darauf übernachten, dann musst du nicht auf dem Boden schlafen«, schlug Tom Jibby vor.

»Und wo schläfst du?«, fragte Jibby unsicher.

Tom löste den Schlafsack und legte ihn nahe der Isomatte auf den Boden. »Ich schlafe hier drin, wenn das für dich in Ordnung ist.« Er wollte der Elfe keinesfalls zu nahe treten, deshalb zog er den Schlafsack noch ein Stück weg von der Isomatte.

»Dann musst du ja auf dem Boden schlafen«, meinte Jibby verlegen.

»Das macht mir nichts aus. Außerdem ist der Schlafsack gut gepolstert«, antwortete Tom beruhigend.

»Ist dir das wirklich nicht zu unbequem?«

»Keine Sorge, das bin ich von meinen früheren Ausflügen schon gewöhnt«, versicherte Tom.

»Na gut«, meinte Jibby zögernd und legte sich auf die Isomatte.

»Liegst du bequem?«, fragte Tom vorsichtig, worauf Jibby dankbar nickte. »Tut mir leid, ich habe leider keine Decke für dich dabei.«

»Das wird schon gehen«, versicherte Jibby.

»Hast du denn schon einmal unter freiem Himmel übernachtet?«, fragte Tom.

»Nein, bisher noch nie, aber im Moment bleibt mir ja nichts anderes übrig. Außerdem bist du ja in meiner Nähe«, meinte Jibby zuversichtlich und schenkte Tom ein dankbares Lächeln.

Der junge Mann nickte gedankenverloren. »Ich werde schon auf dich aufpassen«, versprach er selbstsicherer, als er eigentlich war. Kurze Zeit später war Jibby bereits eingeschlafen. Tom erhob sich leise und blickte sich unsicher um. Wahrscheinlich verließ sich Jibby tatsächlich darauf, dass er sie die Nacht hindurch beschützte, sonst wäre sie nicht so sorglos gewesen. Dabei kannte sie wohl nicht die Gefahren, die ihnen unter freiem Himmel drohten. Nun gut, in diesem Falle war es besser so, ansonsten hätte sie vielleicht vor lauter Angst kein Auge zugetan. Tom fühlte sich dagegen ziemlich unwohl, denn er kannte diese Gegend nicht, wusste nicht, welche Tiere hier lebten und wie gefährlich sie waren. Da es hier wahrhaftig Elfen gab, die auch noch Magie beherrschten, konnten sich hier auch noch andere Lebewesen verbergen, die vielleicht wesentlich unangenehmere Eigenschaften besaßen! Was hatte sich überhaupt ereignet? Wie war er hierher gekommen und was war das für eine Welt? Magie und Elfen kannte Tom bisher nur aus seinen Kinderbüchern, und nun lag eine leibhaftige Elfe neben ihm! Er träumte das doch nicht! Alles war real und erschien doch so unglaubhaft! Allmählich schwirrte ihm der Kopf, doch er musste bei klarem Verstand bleiben und mit wachen Sinnen die Umgebung wahrnehmen, sonst war er vielleicht schon bald verloren. Schließlich wischte Tom mit einer energischen Geste seine wirren Gedanken fort. Alles Spekulieren hatte doch keinen Sinn! Die Situation war eben nun einmal so, auch wenn Tom im Moment vieles noch nicht verstand. Jetzt galt es sich dieser Realität zu stellen und entsprechend zu handeln, um ihr beider Leben und Sicherheit zu gewährleisten. Vielleicht würden sich später Antworten auf alles finden, doch nun galt es erst einmal zu überleben! So zog Tom sein Pfefferspray aus dem Rucksack. Das war neben dem Taschenmesser die einzige Waffe, die er noch besaß. Nicht gerade viel, doch so war er wenigstens nicht ganz wehrlos. Lange saß Tom nervös in der Nähe des allmählich verlöschenden Feuers, lauschte angespannt den Geräuschen der Nacht und versuchte mit seinen Augen die Dunkelheit zu durchdringen. Doch alles blieb ruhig. Immer wieder wanderte sein Blick zu Jibby, die mit ruhigen, tiefen Atemzügen auf der Isomatte schlief. Wie zierlich und verletzlich sie doch wirkte. Irgendwie mochte er die junge, etwas naive Elfe, für die er nun wohl die Verantwortung trug. Er musste es schaffen sie sicher durch diese Nacht zu bringen, auch wenn er selbst dabei keinen Schlaf fand, doch allmählich wurden auch ihm die Augenlider schwer. Die Strapazen der Tage vor seinem Urlaub forderten ihren

Tribut und mit der Zeit wurde ihm auch ein wenig kalt, so dass er schließlich in seinen Schlafsack glitt, jedoch weiter so aufmerksam wie möglich die Umgebung beobachtete. Irgendwie musste er dann doch eingeschlafen sein, denn plötzlich schreckte er mitten in der Nacht hoch, als er ein klapperndes Geräusch vernahm! Tom schaute sich erschrocken um. Der Mond spendete genug Licht, um die Umgebung in milchiges Licht zu tauchen, doch nirgends konnte er die Ursache für das seltsame Geräusch entdecken! Tom wurde mulmig und er zog das Pfefferspray aus der Tasche, schaute sich gehetzt um, doch die Quelle des seltsamen Geräusches blieb ihm weiter verborgen, bis er Jibby leise stöhnen hörte. Er blickte zu ihr hinüber und sah, dass sie völlig zusammengekauert auf der Isomatte lag und mit den Zähnen klapperte! Kein Wunder, denn in der Nacht war der Himmel aufgeklart und es war merklich kälter geworden. Tom schallt sich einen Narren, dass er das Geräusch nicht gleich erkannt hatte, steckte das Pfefferspray wieder in die Tasche und öffnete einen Reißverschluss des Schlafsackes, bis er ihn zu einer Decke aufklappen konnte. Dann ging er zu Jibby hinüber, stülpte die Schlafsack-Decke über sie und bat sie, etwas zur Seite zu rücken, was sie mit steifen Gliedern tat. Darauf legte er sich neben die Elfe auf die Isomatte und zog Jibby zu sich heran, damit sie sich an ihm wärmen konnte. Die Elfe ließ es widerstandlos geschehen, denn sie war völlig ausgekühlt. Seine Wärme und Nähe taten im Moment einfach zu gut! Schließlich rubbelte er mit seinen Händen über ihren Rücken und ihre Arme, was sie zusätzlich wärmte. Jibby genoss es und hatte sich bald wieder aufgewärmt. Sie bedankte sich verlegen bei Tom und kuschelte sich an ihn. Kurze Zeit später war sie schon eingeschlafen. Auch Tom genoss noch eine Weile ihre Nähe und lauschte dabei den Geräuschen der Nacht. Doch als sich keine Gefahr zeigte, machte ihn die Wärme von Jibbys Körper allmählich schläfrig und so glitt auch er ins Land der Träume, während die Elfe in seinen Armen ruhte.

Wohin?

Tom erwachte am nächsten Morgen recht früh und bemerkte erstaunt, dass Jibby immer noch eng an ihn gekuschelt neben ihm lag. Er schaute sich kurz um, soweit er dazu in der Lage war, doch wie es schien, war alles in Ordnung. Sein Rucksack lag noch an derselben Stelle wie am Abend zuvor und es befand sich niemand in ihrer Nähe. Tom schob sich vorsichtig ein wenig zur Seite, um die Elfe nicht zu wecken, und stand auf. Um diese Zeit war es noch recht kühl, doch es versprach auch heute wieder ein angenehm warmer Tag zu werden. Der junge Mann erfrischte sich an einem nahen Bach, holte Wasser, sammelte etwas Brennholz und einige Früchte für Jibby. Dann machte er leise ein Feuer und kochte sich Kaffee, während die Elfe noch schlief. Als er dann den ersten Schluck aus seiner Tasse nahm, erwachte auch Jibby. Tom ging zu ihr hinüber und setzte sich neben sie. »Guten Morgen«, begrüßte er sie freundlich. »Ich hoffe, du hast gut geschlafen.«

Jibby gähnte und streckte sich genüsslich. »Danke, ich hab' sehr gut geschlafen.«

»Wie geht es Dir?«, fragte Tom besorgt. »Hoffentlich hast du dich nicht erkältet.«

Jibby sah ihn fragend an. »Was bedeutet erkältet?«

»Ich meine damit, ob du dich krank fühlst, weil du letzte Nacht so lange gefroren hast«, erklärte Tom geduldig.

»Ach so, nein, keine Sorge mir geht es gut«, bestätigte Jibby. »Wir Elfen werden nicht so schnell krank.« Sie zögerte kurz. »Übrigens danke, dass du mich gewärmt hast«, sagte sie dann ein wenig verlegen.

»Gern geschehen«, meinte Tom lächelnd. »Wie geht es deinem kranken Fuß?«

»Der tut schon nicht mehr so weh wie gestern«, antwortete Jibby und schnüffelte kurz. »Was trinkst du da eigentlich?«

»Kaffee«, sagte Tom und hielt ihr die Tasse vor den Mund. »Willst du einmal probieren?«

»Jibby nippte vorsichtig an dem heißen Getränk und verzog das Gesicht. »Das schmeckt mir nicht. Trinkt ihr das jeden Tag?«

»Die meisten Menschen trinken das zum Frühstück, damit sie wach werden. Kaffee wirkt auf uns anregend«, erklärte Tom.

Jibby schüttelte sich. »Ihr habt wirklich einen seltsamen Geschmack!«

»Da hast du wohl recht«, antwortete Tom lachend und stellte die Tasse vorsichtig ab. Dann entfernte er den Verband um Jibbys Fuß. Die Schwellung war etwas zurückgegangen. Der junge Mann erhob sich und sammelte neues Moos. Dann legte er einen neuen Verband um den verletzten Fuß an. »So, das sollte die Schmerzen weiter lindern.« Er streichelte mit der Hand über die Sohle von Jibbys gesundem Fuß, die darauf kichernd das Bein anzog.

»Das kitzelt!«

»Aha«, meinte Tom schmunzelnd, erhob sich und brachte Jibby die gesammelten Früchte zusammen mit einem Becher Wasser. Dann holte er sich noch ein paar Brote aus dem Rucksack und frühstückte gemeinsam mit der Elfe. »Was willst du denn nun machen, nachdem du deine Sippe nicht mehr gefunden hast?«

»Einige Tagesmärsche zu Fuß liegt in Richtung der aufgehenden Sonne eine weitere Elfensiedlung. Wenn ich es schaffe, dahin zu gelangen, werde ich dort um Aufnahme bitten«, antwortete Jibby.

Tom nickte verstehend. »Das dürfte aber schwierig werden, denn du kannst wegen deines verletzten Flügels nicht fliegen und laufen kannst du gerade auch nicht.«

»Ich weiß«, sagte Jibby niedergeschlagen. »Dann muss ich wohl so lange hierbleiben, bis ich wieder laufen kann.«

Tom überlegte kurz. »Vielleicht kann ich dir eine Krücke machen, dann kannst du schneller aufbrechen.«

»Was ist eine Krücke?«, fragte Jibby verwundert.

21

»Ein langer, starker Stock, auf den du dich beim Gehen stützt. Dann musst du deinen verletzten Fuß nicht belasten und kannst trotzdem laufen«, erklärte Tom.

»Das wäre sicher hilfreich!«, meinte Jibby begeistert. »Kannst du mir so etwas machen?«

»Es gibt hier genug Holz, da müsste sich ein passendes Stück finden«, sagte Tom zuversichtlich. »Für deine Füße müssen wir auch einen Schutz anfertigen, so ähnlich wie meine Schuhe«, er deutete auf seine Wanderstiefel. »Sonst verletzt Du deinen gesunden Fuß auch noch, wenn du so weit laufen musst.«

»Kannst du mir das auch machen?«, fragte Jibby ein wenig verlegen.

»Mal sehen, was sich in der Umgebung findet.« Tom erhob sich und begann die Gegend nach dem nötigen Material abzusuchen. Ein umgestürzter Baum hatte eine zähe, elastische Rinde, welche sich gut für die Sohlen der Schuhe eignete. Die Rinde ließ sich überraschend leicht mit Toms Taschenmesser entfernen. So schnitt er zwei ausreichend große Stücke davon heraus. Zur Abdeckung fand er einen Busch mit stattlichen, gummiartigen Blättern, von denen er auch einige abschnitt und mitnahm. Nun benötigte nur noch etwas zum Zusammenbinden. Jibby riet ihm dazu, die zähen Stängel eines bestimmten Grases zu sammeln, welches die Elfen auch immer nutzten. Dann suchte Tom noch nach einem Ast, der groß und stark genug für eine Krücke war. Auch den fand er nach kurzer Suche. So nahm Tom Maß an Jibbys Füßen und schnitt die Sohlen aus der Rinde zurecht. Dann zerlegte er die gummiartigen Blätter für die obere Abdeckung der Schuhe in ausreichend große Stücke und befestigte sie mit den Grasstängeln, welche er mit der Sohle verknotete. Auch die hintere Halterung für die Ferse machte er mit einem Blattstück, das er mit der Sohle verband, so dass es möglichst die Ferse nicht wund rieb beim Laufen. Innen fixierte Tom noch weiches Moos. Als Jibby ihre Schuhe erstmals anprobierte, passten sie schon recht gut. Tom machte noch einige kleinere

Korrekturen, so dass die Elfe schließlich einen funktionellen Schutz für ihre empfindlichen Füße hatte. Jibby war sehr stolz darauf, als einzige Elfe ein Paar Schuhe zu besitzen. Dann kümmerte sich Tom noch um die Krücke. Sie war ein wenig zu kurz, so dass Tom quer darüber noch einen Ast befestigte und ihn mit Moos auspolsterte. So würde die Krücke auch keine Druckstellen verursachen. Schließlich passte auch diese Gehhilfe, so dass einem baldigen Aufbruch nichts mehr im Wege stand. Deshalb beschlossen Tom und Jibby schon am nächsten Tag loszugehen. Inzwischen war es Abend geworden und Tom sammelte für die Elfe noch ein paar Früchte, während er für sich selbst den Inhalt seiner letzten Konservendose über dem Feuer aufwärmte. Nach dem gemeinsamen Abendessen setzte sich Tom neben Jibby und fragte sie, ob ihre Eltern noch lebten.

Da schweifte ihr Blick traurig in die Ferne. »Die anderen Elfen haben mir immer erzählt, meine Mutter sei bereits kurz nach meiner Geburt gestorben und mein Vater ist schon lange vorher weggegangen. Meine richtigen Eltern kenne ich also nicht. Ein Elfenpaar, das keine eigenen Kinder bekommen konnte, hat mich aufgenommen und großgezogen. Geliebt haben sie mich wohl nicht. Ich hatte eher den Eindruck, dass ich ihnen lästig, ja sogar peinlich war. Die meisten anderen Elfen und deren Kinder wollten nichts mit mir zu tun haben, warum, weiß ich nicht. So war ich die meiste Zeit hindurch alleine.«

»Das ... tut mir sehr leid«, flüsterte Tom schockiert und streichelte ihr über den Kopf. »Wahrscheinlich haben sie dir deshalb auch nur das Nötigste über's Fliegen und Zaubern beigebracht.«

»Vielleicht...«, meinte Jibby traurig. »Jedenfalls haben sie mich deshalb oft verspottet oder ausgelacht.«

Tom schüttelte den Kopf. »Warum waren die nur alle so gemein zu dir?«, sprach er mehr zu sich selbst.

»Ich weiß es nicht...«, antwortete Jibby den Tränen nahe und schmiegte sich an Tom. »Darf ich heute Nacht wieder neben dir liegen?«, fragte sie dann mit hilfesuchendem Blick.

»Natürlich, gerne!«, versicherte Tom und schenkte ihr ein aufmunterndes Lächeln.

Inzwischen war es dunkel geworden und die Kühle der Nacht trieb Jibby unter die Schlafsack-Decke, während Tom noch das Feuer löschte und sich anschließend zu ihr legte. Jibby kuschelte sich ein wenig verlegen an ihn und lächelte dankbar.

»Tut mir übrigens leid, ich wollte mit meiner Frage nach deinen Eltern keine alten Wunden öffnen«, entschuldigte sich Tom bei der Elfe.

»Ist schon in Ordnung, das konntest du ja nicht wissen«, antwortete Jibby verständnisvoll und schmiegte sich an ihn.

So nahm der junge Mann sie in den Arm und streichelte sie noch eine Weile, bis sie eingeschlafen war. Tom konnte noch nicht schlafen und dachte darüber nach, was Jibby ihm heute über ihre Jugend erzählt hatte. Die Elfen ihrer Sippe mussten wirklich gemein zu ihr gewesen sein. Kein Wunder, dass sie so verängstigt und unsicher war! Das konnte nicht so weiter gehen, deshalb nahm Tom sich vor, die verstörte Elfe zu unterstützen und sie bis zu der neuen Elfensippe zu begleiten. Dort würde er die Elfen bitten Jibby die fehlenden Kenntnisse über's Fliegen und Zaubern beizubringen, damit sie nicht mehr so unter ihrem mangelnden Können litt. Jibbys liebenswerte, schüchterne und etwas naive Art gefielen ihm sehr und er fühlte sich neben der Elfe immer wohler, weshalb er auch vorerst bei ihr bleiben und sie beschützen wollte. So genoss Tom ihre Nähe, während er in die Nacht hinaus lauschte. Wieder waren die gleichen Geräusche wie gestern zu hören, was Tom beruhigte. Solange es so blieb, drohte wenigstens keine Gefahr. Der junge Mann entspannte sich immer mehr, bis ihn die Wärme und Nähe von Jibbys Körper zusammen mit der angenehmen Geräuschkulisse in einen sanften Schlaf gleiten ließen.

Aufbruch

Tom erwachte wie üblich früh am Morgen, während Jibby noch fest schlief. Diesmal blieb er jedoch noch kurz liegen und genoss ihre Nähe, bis ihn der Hunger aufstehen ließ. Der junge Mann erfrischte sich an einem Bach, holte Wasser, sammelte Holz und einige Früchte. Dann machte er Feuer. Da er nur noch Kaffeepulver hatte, aber nichts mehr zum Essen im Rucksack war, entschloss er sich dazu, von den Früchten zu probieren, in der Hoffnung, dass sie ihm gut bekamen. Also biss er in eine Frucht, die angenehm schmeckte. So aß er sie vollends auf und aß noch zwei weitere davon. Den Rest überließ er Jibby und schenkte sich Kaffee ein. In diesem Moment erwachte die Elfe und streckte sich genüsslich unter der Schlafsack-Decke. Als sie die Früchte sah, die Tom für sie bereitgelegt hatte, bedankte sie sich kurz verlegen für seine Fürsorge. Er machte es sich neben der Elfe bequem, die sich das Obst schmecken ließ.

»Willst du nicht auch welche essen?«, fragte Jibby freundlich.

»Danke, das habe ich schon, der Rest ist für Dich«, antwortete Tom. »Ich möchte dich gerne zu dem neuen Elfenstamm begleiten«, sprach er nach kurzem Zögern.

»Jibby sah ihn überrascht an. »Du willst den ganzen Weg bis dahin mitgehen?« Sie sah, wie Tom nickte. »Das musst du aber nicht. So etwas kann ich nicht von dir verlangen.«

»Ich würde es trotzdem gerne tun«, versicherte Tom. »Glaub mir, es ist ziemlich anstrengend mit einer Krücke zu laufen. So kann ich wenigstens auf dich aufpassen und dich unterstützen.« Er machte eine kurze Pause. »Ich will dich jetzt einfach nicht alleine lassen.«

Jibby wurde recht verlegen. »Das ist wirklich lieb von dir, ich ... freue mich natürlich, wenn du mich begleitest.«

»Gut, dann komme ich mit!«, meinte Tom erfreut, während Jibby ihm einen dankbaren Blick schenkte. »Vielleicht können mir die Elfen dort auch sagen, wie ich hierher gekommen bin.«

»Daran bin wahrscheinlich ich schuld«, gestand Jibby kleinlaut nach kurzem Zögern.

»Wie meinst du das?«, fragte Tom überrascht.

»Als ich da oben völlig hilflos in dem Baum hing und mich nicht selbst befreien konnte, hab ich sehr große Angst bekommen. Meine Schmerzen im Fuß wurden immer schlimmer und der Ast, auf dem ich lag, drohte zu brechen. Da bekam ich eine solche Panik, dass ich in meiner Verzweiflung die Magie um Hilfe angefleht habe. Die hat dich dann wahrscheinlich zu mir geleitet, damit du mich rettest und beschützt«, erklärte Jibby kleinlaut und sah Tom dann ängstlich an, weil sie befürchtete, ihn verärgert zu haben.

Für Tom klang das erst einmal recht unglaubhaft, doch die Elfe hatte ja mit dem übertrieben großen Feuer schon Magie gewirkt! Vielleicht hatte sie ihn tatsächlich auf diese Art zu sich gerufen. Das würde auch den dichten, lang anhaltenden Nebel und die plötzlich veränderte Umgebung erklären. Tom musterte Jibby unsicher.

»Bist ... du ... mir deswegen sehr böse?«, fragte sie furchtsam.

»Nein, das bin ich nicht«, versicherte Tom beruhigend und zögerte kurz. »Wahrscheinlich hast du mir damit sogar einen Gefallen getan.«

»Was ... für einen Gefallen?«, fragte Jibby vorsichtig.

»Weißt du, ich liebe es draußen in der Natur zu sein, gehe gerne wandern und spazieren und schlafe am liebsten unter freiem Himmel, doch das verstehen meine Bekannten und Verwandten einfach nicht. Deswegen habe ich auch keine Freunde und bin, wie du, auch oft alleine. Jetzt habe ich vielleicht die Möglichkeit, meinem bisherigen, einsamen Leben zu entfliehen.« Darauf schenkte er Jibby ein dankbares Lächeln.

Die Elfe senkte kurz verlegen den Blick. »Dann willst du erst einmal hier bei mir bleiben?«, fragte sie hoffnungsvoll, worauf Tom intensiv nickte. Jibby hätte am liebsten einen Freudensprung gemacht, denn sie mochte den jungen Mann sehr. »Das ist ja toll!«, rief sie begeistert und umarmte den überraschten Tom kurz, wandte sich dann aber verlegen ab, weil sie befürchtete, ihm zu nahe getreten zu sein. »Entschuldige bitte...«

»Ist schon in Ordnung!«, meinte Tom lachend und legte einen Arm um ihre Schultern. »Ich bin ja auch froh, hier bei dir zu sein!«

»Wirklich?«, fragte Jibby ein wenig unsicher.

»Oh ja, ganz sicher!«, bestätigte Tom mit freundlichem Lächeln, worauf Jibby scheu zurücklächelte. Dann drückte er sie kurz an sich. »Wie geht es deinem verletzten Fuß?«

»Der tut kaum noch weh, nur bei bestimmten Bewegungen«, antwortete Jibby.

Tom nahm ihr den Verband ab. Tatsächlich war ihr Fuß kaum noch geschwollen. So suchte Tom nochmals etwas Moos und diesmal auch einige lange und breite Grashalme zur Befestigung, da ihm das Verbandmaterial ausgegangen war. Nachdem er so einen weiteren provisorischen Verband angelegt hatte, packte Tom alles zusammen, löschte das Feuer, half Jibby in ihre Schuhe und stellte sie auf die Beine. Dann übergab er ihr die Krücke und erklärte dabei, wie sie diese benutzen sollte. Anfänglich hatte Jibby einige Schwierigkeiten mit der Koordination ihrer Bewegungen, weshalb Tom sie etwas stützte, doch nach kurzer Zeit verstand sie, wie sie sich mit der Krücke am besten bewegte und humpelte schließlich neben ihm her in Richtung der aufgehenden Sonne. Wie erwartet fiel ihr diese Art des Laufens sehr schwer und kostete viel Kraft, so dass Jibby oft pausieren musste. Sie gab sich wirklich Mühe, doch am späten Nachmittag war sie total erschöpft und verkrampft, so dass Tom ihre Wanderung beendete und Jibby bäuchlings auf die Isomatte bettete, um ihre Schultern und ihren Rücken zu massieren, was ihre verspannten Muskeln lockerte. Etwas später machte Tom ein Feuer, sammelte einige größere Steine und erwärmte diese ein wenig. Dann legte er die warmen Steine auf Jibbys Rücken, was eine Wohltat für sie war. Mit einem Handtuch verhinderte Tom, dass die Steine zu schnell auskühlten, so dass Jibby die angenehme Wärme länger genießen konnte und sich allmählich entkrampfte. Inzwischen suchte der junge Mann einige Früchte zusammen, die sie anschließend gemeinsam verspeisten. Jibby bedankte sich noch müde für die wohltuende Behandlung, schlüpfte unter die Schlafsack-Decke und war kurze Zeit später schon eingeschlafen. Tom saß noch längere Zeit am Feuer und dachte über das Geschehene nach. Wie schnell sich doch plötzlich alles verändert hatte. Vor drei Tagen war er noch im Urlaub und nun saß er hier in einer fremden Welt, beschützte und kümmerte sich um eine einsame Elfe, die ihn angeblich durch ihre Magie zu sich gerufen hatte. Wie verrückt war das denn! Doch es war real, er träumte das ja alles nicht. Falls ja, war es ein sehr intensiver Traum und irgendwie wollte er, dass dieser Traum noch lange nicht endete. So saß er einige Zeit an dem langsam verlöschenden Feuer, lauschte den Geräuschen der Nacht, die ihm allmählich schon sehr vertraut waren, und betrachtete den beeindruckenden Sternenhimmel. Tom hatte sich früher die Sternbilder sehr genau eingeprägt, um sich im Notfall an ihnen zu orientieren, doch er erkannte hier keine der bekannten Stern-Konstellationen. Außerdem entdeckte er einen zweiten, kleineren Mond, der in einiger Entfernung zum großen Mond zu sehen war. Das konnte nur bedeuten, dass er sich tatsächlich auf einer anderen Welt befand! Allmählich schwirrte ihm der Kopf und die Kälte der Nacht trieb ihn ebenfalls unter die Schlafsack-Decke. Behutsam legte er sich neben die schlafende Elfe. Wie hübsch doch ihr Gesicht war! Tom streichelte ihr zärtlich über den Kopf und Jibby schmiegte sich daraufhin an ihn, erwachte aber nicht. Er genoss die Wärme ihres Körpers und ihre Nähe noch eine Weile, bis auch er glücklich einschlief.

Ein Regentag

Als Tom am nächsten Morgen erwachte, wehte ihm ein kalter Wind ins Gesicht. Der Himmel war stark bewölkt und die Sonne nicht zu sehen. Der junge Mann stand behutsam auf, um Jibby nicht zu wecken, erfrischte sich, sammelte Holz und Früchte und kochte sich Kaffee. Er machte sich Sorgen um die Elfe, denn in ihrer leichten Kleidung würde ihr das kalte Wetter nicht bekommen. Als sie schließlich erwachte, übergab er ihr einen Becher mit heißem Wasser, damit sie sich daran aufwärmen konnte, während sie frühstückte. Jibby war ihm sehr dankbar dafür, denn der kalte Wind ließ sie frösteln. Der junge Mann nahm ihr anschließend den Verband ab und untersuchte ihren verletzten Fuß. Der wies inzwischen keine Schwellung mehr auf und schmerzte kaum noch. Tom war beeindruckt, wie schnell die Heilung fortgeschritten war. So war auch kein weiterer Verband mehr nötig.

»Dein Fuß ist schon recht gut verheilt. Bei uns Menschen hätte das viel länger gedauert«, meinte Tom.

»Bei den Elfen verläuft die Heilung immer schnell. Wir genesen auch rasch von Krankheiten«, erklärte Jibby.

»Dann kannst du hoffentlich bald wieder laufen.« Der junge Mann blickte zum Himmel. »Wie es aussieht, wird sich das Wetter noch verschlechtern, deshalb schlage ich vor, dass wir heute hierbleiben.«

In der Tat wurden die Wolken immer dunkler und der Wind stärker. Jibby richtete sich auf und suchte nach einer Stelle, die ihnen hoffentlich Schutz vor dem bald einsetzenden Regen gewährte, doch ein Unterstand war nirgends zu entdecken. »Oh nein, es fängt bald an zu regnen. Da werden wir wohl ziemlich nass«, sagte Jibby schaudernd.

»Sicher nicht!«, antwortete Tom zwinkernd, zog ein kleines Kuppelzelt aus dem Rucksack und baute es vor der erstaunten Elfe auf.

Jibby bekam große Augen. »Ein tragbares Heim, so etwas habe ich noch nie gesehen!«, rief sie verwundert. »Unglaublich, was du alles mit dir trägst!«

Kurze Zeit später hatte der junge Mann das Zelt sturmsicher verankert und öffnete den Reißverschluss am Eingang. Jibby krabbelte auf allen vieren hinein und fand das Zelt ganz gemütlich. Dann half sie Tom die Isomatte und die Schlafsack-Decke im Zelt auszulegen. Kaum war der junge Mann mit seinem Rucksack hereingekrochen, begann es auch schon heftig zu regnen. Zwar war es nun ein wenig eng, doch das störte Jibby nicht, die es sich wieder auf der Isomatte unter der Schlafsack-Decke gemütlich gemacht hatte und den Regentropfen auf der Zeltplane lauschte.

Tom legte sich neben sie. »Ich hoffe, du hast genug Platz.«

Jibby nickte vergnügt. »Haben alle Menschen so ein tragbares Heim?«

»Nein, nur diejenigen, welche wie ich gerne im Freien übernachten«, erklärte Tom geduldig.

Jibby strich mit ihren Fingern über die Zeltwand. »Das fühlt sich seltsam an, was ist das für ein Material?«

»Es wird ähnlich wie Kleidung hergestellt und irgendwie wasserdicht gemacht. Frag mich aber bitte nicht wie, denn damit kenne ich mich nicht aus.«

Jibby betrachtete fasziniert die Zeltplane. »Ich glaube, unsere Wächter tragen bei Regen ebenfalls einen wasserdichten Stoff. Ich bin mir aber nicht sicher. Die armen Elfen müssen auch bei Regen draußen sein. Wir Elfen mögen den Regen nicht besonders, denn dann können wir nicht mehr fliegen. Deswegen bleiben wir bei diesem Wetter lieber im Trockenen.«

»Die meisten Menschen mögen den Regen auch nicht«, versicherte Tom. »Höchstens nach einem heißen, sonnigen Tag, wenn der Regen Abkühlung bringt, ist er uns willkommen, sonst meiden wir ihn auch lieber.« Der junge Mann machte eine kurze Pause. »Wie wohnt ihr Elfen eigentlich?«, wollte er dann wissen.

»Wir leben in Baumheimen, Wohnräume, die in den Kronen der Bäume teils durch Handarbeit geschaffen werden, teils durch Magie erwachsen, weshalb in ihrem Innern immer angenehme Temperaturen herrschen. Wenn wir zu der Siedlung der Elfen kommen, wirst du dort solche Baumheime sehen«, erklärte Jibby.

»Das hört sich sehr interessant an, da bin ich schon gespannt darauf«, meinte Tom beeindruckt.

Jibby hatte sich unbewusst an den jungen Mann gekuschelt und wurde deswegen ein wenig verlegen, doch Tom streichelte ihr lächelnd übers Haar und genoss ihre Nähe. Er hoffte, dass sich das Wetter bald besserte, damit Jibby in ihrer dünnen Kleidung nicht krank wurde. Doch vorerst hielten der Regen und der kalte Wind an, so dass Jibby und Tom im Zelt bleiben mussten. Sie vertrieben sich die Zeit damit gegenseitig von ihrem Volk und dessen Alltag zu erzählen. Nach mehreren Stunden ließ der Regen endlich nach und endete schließlich. Da hörten Tom und Jibby schwere Schritte auf das Zelt zukommen, begleitet von brummenden und schnüffelnden Geräuschen. Dann stieß das Wesen mehrmals leicht gegen das Zelt. Tom und Jibby verhielten sich ganz still, doch als das Wesen das Zelt ein paarmal anrempelte, öffnete Tom vorsichtig den Verschluss und spähte hinaus. Ein fremdartiges, pferdegroßes Tier, wie es Tom noch nie gesehen hatte, schaute ihn an und wich kurz erschrocken zurück. Als das Tier wieder gegen das Zelt stieß, kletterte Tom heraus und versuchte es wegzulocken, was ihm zwar gelang, doch das Tier schien verunsichert, stampfte mit den Hufen, schüttelte den Kopf und schnaubte aufgeregt. Jibby betrachtete die ganze Szene vom Eingang des Zeltes her und wollte Tom helfen. Sie holte aus und schleuderte einen Kugelblitz hinaus, doch sie warf versehentlich in die falsche Richtung und der Kugelblitz schlug unweit von Tom auf dem Boden auf, explodierte mit lautem Knall und warf Tom um. Das Tier machte einen Satz und rannte erschrocken davon. Jibby erschrak sich ebenfalls und humpelte zu Tom hinüber, um nach ihm zu sehen. Der war zum Glück unverletzt.

»Sag mal, wolltest du das Tier oder mich vertreiben?«, fragte der junge Mann säuerlich und rappelte sich wieder auf.

»Tut mir leid, ich hab' wohl in die falsche Richtung geworfen«, gab Jibby kleinlaut zu.

»Wenigstens hast du es geschafft, das Tier zu vertreiben«, meinte Tom versöhnlich und verpasste ihr im Vorbeigehen einen Klaps aufs Hinterteil. »Kleine Kampfelfe!«

Jibby zuckte kurz zusammen und sah ihm verblüfft nach. Dann folgte sie ihm zögernd.

Tom baute rasch das Zelt ab und verstaute alles eilig im Rucksack. Danach reichte er der etwas verwirrten Elfe ihre Schuhe und die Krücke. »Wir sollten hier möglichst schnell verschwinden. Ich befürchte, dass das Tier bald zurückkommt und vielleicht sogar Artgenossen mitbringt. Dann könnte das für uns ziemlich unangenehm werden!«

»Das ist möglich«, antwortete Jibby unsicher und zog rasch ihre Schuhe an. Dann verließen beide eilig den Ort. Auf dem Weg war Tom recht schweigsam. »Bist du mir immer noch böse?«, fragte Jibby nach einiger Zeit ängstlich.

Der junge Mann schüttelte den Kopf. »Nein, ich überlege nur, wie ich dir helfen kann. Wenigstens das gezielte Werfen könnte ich dir beibringen, denn das kann ich selbst ganz gut.« Er hielt kurz inne. »Macht es für dich einen Unterschied, ob du einen Stein oder einen Kugelblitz wirfst?«

»Nein, das ist für mich das Gleiche«, bestätigte Jibby.

»Dann werde ich dir während der nächsten Rast das gezielte Werfen beibringen«, versprach Tom der Elfe.

»Danke, das ist wirklich lieb von dir!«, rief Jibby begeistert. Diesmal kam sie mit der Krücke schon besser und schneller voran, da ihr Fuß kaum noch schmerzte und sie vereinzelt bereits wieder kurz auftreten konnte. Doch auch heute verließen sie die Kräfte rasch und Tom richtete am späten Nachmittag ein Lager ein. Trotzdem wollte Jibby dem jungen Mann diesmal bei der Suche nach essbaren Pflanzen helfen, da sie beide der üblichen Früchte langsam überdrüssig waren.

Schnell hatten sie neben einigen schmackhaften Schoten und Knollen eine kürbisartige Frucht gefunden, die Tom jedoch erst ausgraben musste. Er packte sein Werkzeug-Set aus, setzte einen kleinen Spaten auf den zugehörigen Stiel und begann zu graben. Jibby war wieder einmal verwundert, welche phantastischen Dinge er in dem Rucksack mitführte. Nach kurzer Zeit hatte Tom die Frucht ausgegraben, während Jibby noch einige Blüten und Kräuter zum Würzen sammelte. Gemeinsam kochten sie daraus einen leckeren Eintopf, den Tom auch problemlos vertrug. Beide waren über diese warme Mahlzeit froh. Später saßen Tom und Jibby noch am Feuer zusammen. Die Elfe war zwar schon recht müde, wollte jedoch noch in Toms Nähe bleiben.

»Bringst du mir morgen das Werfen bei?«

»Gerne«, versicherte Tom und nahm Jibby in den Arm, die sich darauf ein wenig verlegen an ihn schmiegte. Schließlich fielen ihr fast die Augen zu, so dass Tom sie zur Isomatte trug, sie zudeckte und ihr zärtlich über die Haare strich. Die Elfe schenkte ihm noch ein glückliches Lächeln, dann war sie auch schon eingeschlafen. Der junge Mann saß noch eine Weile am Lagerfeuer und genoss den warmen Abend. Doch auch diese Nacht blieb alles friedlich und Tom legte sich schließlich neben die Elfe, welche sich im Schlaf wieder an ihn kuschelte. Er musste lächeln und spürte, dass er sie mittlerweile genauso brauchte, wie sie ihn. Ihm wurde klar, dass er inzwischen mehr als Freundschaft für die einsame Elfe empfand und hoffte, dass es Jibby ebenso erging. Mit diesen Gedanken schlief er zufrieden ein.

Ein Missgeschick

Am nächsten Morgen erwachte Tom erneut früh und erhob sich vorsichtig, um die schlafende Elfe nicht zu wecken. Es versprach wieder ein angenehm warmer und sonniger Tag zu werden. Nach einer kurzen Erfrischung sammelte er Holz und machte ein Feuer, um seinen letzten Kaffee zu kochen. Das Kaffeepulver war nun verbraucht. Am Vorabend hatten sie genug Nahrung gesammelt, dass es noch für ein gemeinsames Frühstück reichte. Jibby erwachte diesmal früher als sonst und war besonders gut gelaunt, denn sie freute sich schon auf das Wurftraining mit Tom. Nach einer ausgiebigen Mahlzeit suchte Tom sich einen Baumstumpf in der Nähe als Wurfziel aus, sammelte etliche Steine verschiedener Größe und legte sie neben Jibby. Dann demonstrierte er die richtige Wurftechnik und traf problemlos den Baumstumpf. Nun sollte Jibby es ihm nachmachen. Nach mehreren erfolglosen Versuchen und einigen guten Ratschlägen von Tom wurde sie rasch besser und traf nach kurzer Zeit zielsicher den Baumstumpf. Jibby übte noch ein bisschen mit den verschieden großen Steinen, bis sie sich sicher genug fühlte. Dann warf sie einen kleinen Kugelblitz und traf sofort den Baumstumpf. Sie war davon so begeistert, dass sie an Tom hochsprang und ihn glücklich umarmte.

»Gut gemacht!«, lobte Tom die Elfe und drückte sie an sich. »Ich bin stolz auf dich!« Dann stellte er sie wieder auf den Boden. »Du musst eben nur noch etwas üben, dann kannst du bald auch besser zaubern und fliegen. Das kann ich dir aber leider nicht beibringen.«

Jibbys Selbstachtung machte einen Sprung nach oben. Es fehlte ihr wirklich einfach nur an Übung. Das hatte sie jetzt erkannt. So nahm sie sich vor, sobald sie die neue Elfensippe erreicht hatte, diese um entsprechende Hilfe zu bitten.

Wie geht es denn deinem verletzten Fuß?«, fragte Tom.

»Danke, ganz gut, ich kann sogar schon darauf stehen. Nur beim Laufen brauche ich noch etwas Unterstützung durch die Krücke.«

»Freut mich, wenn die Verletzung auch bald verheilt ist«, sagte Tom und streichelte Jibby übers Haar. »Sollen wir gleich weiter laufen?«

Jibby hatte nichts dagegen. So packten sie alles zusammen und machten sich wieder gemeinsam auf den Weg. Die Elfe war recht stolz darauf, dass sie nun so gut werfen konnte, verhielt sich entsprechend übermütig und hüpfte manchmal wie ein kleines Mädchen neben Tom her. Der freute sich auch, dass er Jibby wieder etwas mehr Selbstachtung gegeben hatte, und schmunzelte wegen ihrer Ausgelassenheit. Doch allzu lange währte ihre Freude nicht, denn an einer morastigen Stelle rutschte Jibby aus und fiel der Länge nach hin. Als sie sich verärgert aufrichtete, war ihr Gesicht und ihr Kleid mit Schlamm verschmiert. Zum Glück hatte sie sich nicht weh getan, nur ihre Selbstachtung bekam wieder einen kleinen Dämpfer.

»Oh nein! Jetzt sehe ich aus wie ein Schlammcromb!«, schimpfte sie erbost, während Tom sie mit einem amüsierten Lächeln betrachtete, denn sie erinnerte ihn an ein kleines, verschmiertes Mädchen. Als die Elfe seinen Blick bemerkte, wurde sie arg verlegen.

Tom ging vor ihr in die Hocke, zog ein Stofftaschentuch aus dem Rucksack, feuchtete es an, und wollte damit ihr Gesicht säubern, doch Jibby zuckte zurück. »Halt still, kleiner Dreckspatz«, sagte er schmunzelnd zu ihr und reinigte dann liebevoll ihr Antlitz. Jibby ließ ihn widerwillig gewähren, bis er ihr schließlich zärtlich über die Nase strich. »So, jetzt erkennt man dich wenigstens wieder«, meinte Tom zwinkernd und half ihr auf.

Als Jibby an sich herunter sah, wäre sie am liebsten vor Scham im Boden versunken, denn ihr ganzes Kleid, Arme und Beine waren mit Matschflecken überzogen. Doch sie hatte keine Wahl und musste vorerst so weiter laufen.

»Mach dir nichts draus«, beschwichtigte Tom. »Das Gebiet hier ist sehr wasserreich. Wir werden bestimmt bald an einen Bach oder See kommen, wo du dich und dein Kleid säubern kannst.«

Jibby war froh, dass der junge Mann sie nicht auslachte oder sich lustig über sie machte, obwohl sie so tollpatschig war. Dankbar nahm sie seine Hand, die er ihr reichte, und folgte ihm dann weiter durch den Wald. Tatsächlich kamen sie nach einiger Zeit an einem großen Bach vorbei. Tom schlug vor, dort zu rasten, was Jibby gerne akzeptierte. »Was soll ich denn anziehen? Ich muss doch mein Kleid erst waschen und trocknen. Solange kann ich doch nicht nackt herumlaufen«, bemerkte Jibby ein wenig verzweifelt.

»Warum? Ist doch nichts dabei«, meinte Tom so beiläufig wie möglich.

»Nein, das geht doch nicht!«, rief Jibby empört.

»Wieso denn?«, fragte Tom noch einmal und versuchte nicht zu grinsen.

»Weil ... weil ... weil Menschen dann den Verstand verlieren!«, antwortete Jibby ein wenig durcheinander.

Tom lachte auf. »Wenn alle Elfen so hübsch sind wie du, könnte das durchaus passieren.«

»Ach was, ich bin doch gar nicht hübsch. Das sagst du doch jetzt nur so. Die Elfen meinten immer, ich sei dumm und hässlich«, entgegnete Jibby traurig.

»Welch ein Unsinn!«, rief Tom verärgert. »Diejenigen, die das zu dir gesagt haben, sind dumm, du jedoch ganz bestimmt nicht! Und hässlich bist du ganz und gar nicht. Im Gegenteil! Du bist das hübscheste Mädchen, dem ich je begegnet bin!«

»Wirklich?«, fragte Jibby unsicher.

»Ganz sicher!«, bestätigte Tom und streichelte ihr über die Haare.

Der Gesichtsausdruck des jungen Mannes ließ keinen Zweifel daran, dass er es ernst meinte. Jibby bedankte sich verlegen.

»Aber ... ich ... kann doch trotzdem ... nicht nackt herumlaufen«, sagte die Elfe schließlich immer noch ein wenig durcheinander.

Darauf zog Tom schmunzelnd eine Regenjacke aus dem Rucksack und reichte sie Jibby. »Hier, die kannst du so lange anziehen, bis dein Kleid wieder trocken ist.«

Jibby bedankte sich erneut verlegen. Tom ging ein wenig abseits, damit sich die Elfe ungesehen säubern und umziehen konnte. Inzwischen besorgte der junge Mann etwas zu essen und machte ein Feuer, während Jibby ihr Kleid reinigte. Als sie fertig war, kam sie ein wenig verzweifelt auf ihn zu, wobei sie die Enden der Regenjacke krampfhaft vorne zusammenhielt. »Wie schließt man denn dieses Kleidungsstück?«

Tom beugte sich herunter und wollte den Reißverschluss einhaken, doch Jibby zappelte so nervös herum, dass es ihm nicht gelang. »Halt doch bitte einmal kurz still!«, ermahnte er die Elfe. Kurze Zeit später hatte er den Verschluss eingehakt und zog ihn ein wenig nach oben, doch da waren ihre Hände im Weg, die immer noch die Enden der Jacke krampfhaft festhielten. »Lässt du bitte los«, bat er sie freundlich.

»Auf keinen Fall, dann siehst du ja zuviel von mir!«, weigerte sich Jibby brüsk.

Tom verdrehte belustigt die Augen. »Also gut, dann dreh dich um und zieh einfach den Verschluss nach oben«, erklärte der junge Mann geduldig, was Jibby dann auch tat. Tom sah ihr mit amüsiertem Kopfschütteln zu und wunderte sich, wie schüchtern die Elfe war. Dann holte sie ihr gewaschenes Kleid und legte es über einen Busch zum Trocknen. Später saßen sie gemeinsam am Feuer und aßen zusammen.

»Tut mir leid, dass ich vorhin so tollpatschig war und hingefallen bin«, sagte Jibby kleinlaut.

»Mach dir nichts draus. Das hätte doch jedem passieren können. Deine Schuhe sind für so einen glitschigen Boden eben nicht gut geeignet. Hauptsache, du hast dich nicht verletzt«, meinte Tom verständnisvoll.

Jibby war froh, dass er sich nicht über sie lustig machte, so wie es die anderen Elfen sicher getan hätten. Sie schenkte ihm dafür einen dankbaren Blick.

»Du hast das gezielte Werfen sehr schnell gelernt. Das hast du wirklich gut gemacht«, lobte Tom die verunsicherte Elfe und streichelte ihr zärtlich über den Kopf.

Jibby bedankte sich verlegen bei ihm. Sein Lob steigerte ihre Selbstachtung wieder ein Stück mehr. So blickte sie verträumt in die Flammen des Lagerfeuers und war recht stolz auf sich. Tom beobachtete es schmunzelnd und war froh, die Elfe ein wenig aufbauen zu können. Jibby fühlte sich in Toms Nähe immer wohler und war inzwischen ausgesprochen froh, dass er so lieb und verständnisvoll zu ihr war, was ihrer verletzten Seele sehr guttat. Endlich war sie nicht mehr allein und mit einem Partner zusammen, wie sie ihn sich schon lange gewünscht hatte. So genoss sie noch eine Weile seine Nähe bis sie die Müdigkeit und die Kühle der Nacht unter die Schlafsack-Decke trieben, wo sie mit einem verliebten Lächeln einschlief.

Tom folgte ihr kurze Zeit später, denn an diesem Abend suchte er ihre Nähe.

Jibby erwachte schon bald, weil ihr in der geschlossenen Regenjacke rasch zu warm wurde. So deckte sie sich auf. Doch dann wurde ihr kalt, so dass sie sich kurze Zeit später wieder zudeckte. So ging es mehrere Male hintereinander, bis sich Tom verschlafen umdrehte.

»Was ist los, kannst du nicht schlafen?«, fragte er verwundert.

»Unter der Decke ist es mir in der Jacke zu warm. Wenn ich mich aber aufdecke, wird mir kalt«, antwortete Jibby entschuldigend.

»Mach die Jacke ein gutes Stück weit auf, dann wird sie nicht mehr zu warm sein«, riet ihr Tom schlaftrunken.

»Aber ... dann kannst du ja zuviel von mir sehen«, antwortete Jibby verschämt.

»Unter der Decke kann ich das doch gar nicht«, bemerkte Tom etwas ungehalten. Als Jibby nicht reagierte und ihn verunsichert ansah, weil sie nicht wusste, was sie tun sollte, drehte er sich schließlich weg. »Gib bitte einfach nur Ruhe«, brummte er noch mürrisch.

»Ist ja gut«, maulte Jibby verstimmt und öffnete endlich den Reißverschluss, wobei sie sich mehr über sich selbst ärgerte. Nun hatte sie den jungen Mann, den sie so sehr mochte, wegen ihrer Schüchternheit auch noch verärgert. Dabei wollte sie ihm doch ihre Zuneigung zeigen. Warum machte sie nur immer alles falsch? Warum war das alles so kompliziert für sie? Jibby wurde immer konfuser. Sie wusste instinktiv, dass sie sich nicht zu viel Zeit lassen durfte, um ihm ihre Zuneigung zu gestehen, denn sonst würde er sich von ihr abwenden. Verunsichert hoffte sie, dass Tom ihr verzieh, denn sie konnte es nicht ertragen, wenn er von ihr fortginge. Dafür hatte sie den jungen Mann viel zu gerne, und sie war auch schon viel zu lange alleine! Was sollte sie nur tun, fragte sie sich verwirrt und ein wenig verzweifelt. Es stiegen ihr Tränen in die Augen und sie wollte Tom am liebsten gleich um Verzeihung bitten und ihm ihre Gefühle für ihn beichten, doch der schlief inzwischen tief und fest. Sie wollte ihn nicht aufwecken, weil sie dann befürchtete, ihn noch mehr zu verärgern. So musste sie sich bis morgen gedulden, was ihr sehr schwerfiel. Sie drehte sich weg und fing ganz leise an zu weinen, bis sie sich schließlich in den Schlaf geweint hatte.

Der schreckliche Fluss

Wie üblich erwachte Tom an diesem Morgen wieder vor Jibby und erfrischte sich kurz. Da er kein Kaffeepulver mehr hatte, machte er diesmal kein Feuer. Der junge Mann hatte ein schlechtes Gewissen, weil er Jibby letzte Nacht so angefahren hatte, deshalb sammelte er einige von Jibbys Lieblingsfrüchten, als Versöhnungsgeschenk. Die Elfe erwachte früher als sonst, denn sie hatte schlecht geschlafen. Tom setzte sich neben sie.

»Guten Morgen«, begrüßte er sie zögernd. Jibby erwiderte den Gruß kleinlaut und sah ihn verunsichert an. »Tut mir leid, dass ich dich gestern Nacht so angefahren habe. Ich wollte nicht unhöflich sein, doch wenn ich müde bin, benehme ich mich manchmal daneben«, gestand Tom verlegen.

Jibbys Gesichtszüge hellten sich deutlich auf. »Ist schon gut, ich habe mich ja auch unsinnig verhalten.« Sie zögerte kurz. Tom erkannte, dass sie gerade mit sich selbst rang, und streichelte ihr sanft über die Haare. Dann wurde ihr Blick verlegen. »Tom, ich ... habe dich ... sehr lieb gewonnen, und es tut mir sehr leid, dass ich dich letzte Nacht verärgert habe.« Ihre Augen füllten sich mit Tränen. »Deshalb habe ich Angst bekommen, dass ... du von mir ... fortgehen würdest. Aber ... das ... könnte ich nicht ertragen, weil ... ich einfach nicht mehr alleine sein will...« Ihre Stimme brach. Dann umarmte sie ihn und begann leise zu weinen.

Tom war gleichzeitig berührt und erschrocken, dass sie so sensibel auf seinen Ausrutscher reagierte. Er hielt sie fest und streichelte sie zärtlich. »Es tut mir leid, ich wollte dich nicht verletzen. Ich werde auch ganz sicher nicht von dir fortgehen, denn dafür habe ich dich viel zu lieb!«

Jibby drückte ihn dankbar und hob dann den Kopf. »Ich bin vielleicht nicht liebenswert, aber ich brauch' dich so sehr...« Wieder brach ihre Stimme.

»Wie kommst du denn darauf?«, fragte Tom erschüttert. »Wer hat denn so etwas Gemeines zu dir gesagt?«

»Mein Ziehvater«, presste Jibby unter Tränen hervor.

Tom war entsetzt. »Das darfst du auf keinen Fall glauben, denn du bist das liebenswerteste, freundlichste und warmherzigste Wesen, das ich je kennengelernt habe!«

»Wirklich?«, fragte Jibby schluchzend.

»Auf jeden Fall!«, bestätigte Tom nachdrücklich. Dem jungen Mann wurde allmählich klar, wie übel die anderen Elfen ihr mitgespielt und das arme Geschöpf völlig verstört und verunsichert hatten. »Hab keine Angst, ich lass dich ganz bestimmt nicht alleine! Dafür hab' ich dich viel zu lieb. Vergiss dieses böse Gerede der anderen Elfen ganz schnell, denn du bist mehr als liebenswert, sogar etwas ganz Besonderes!« Dann drückte er die Elfe liebevoll an sich.

Jibby erkannte, dass Tom das absolut ernst meinte, und bedankte sich gerührt und verlegen bei ihm, während sie sich an ihn kuschelte.

Tom hielt sie weiter ganz fest, um ihr die nötige Geborgenheit zu geben, die sie schon so lange vermisste. Ihm wurde klar, dass er ihr noch viel Liebe und Verständnis entgegenbringen musste, um ihre kleine gebrochene Seele zu heilen. Schließlich schob er sie behutsam von sich und wischte ihr zärtlich die Tränen aus den Augen. »Keine Sorge, ich bin für dich da!« Dann strich er ihr sanft über die Nase und gab ihr einen Kuss auf die Wange.

Jibby senkte verlegen den Blick und schenkte ihm dann gerührt und dankbar ein scheues, liebenswürdiges Lächeln.

Tom streichelte ihr über den Kopf. »Geht es dir jetzt besser?«

Jibby nickte nachdrücklich. Darauf zeigte der junge Mann ihr die Früchte, die er für sie gepflückt hatte. Wieder war die Elfe gerührt von seiner Fürsorge. Dann frühstückten beide gemeinsam. »Du trinkst heute ja gar keinen Kaffee«, bemerkte Jibby.

»Das Kaffeepulver ist leider alle.«

»Kannst du dir nicht aus den hiesigen Pflanzen und Wurzeln ein ähnliches Getränk machen?«, fragte Jibby.

»Dazu kenne ich mich nicht gut genug unter den Pflanzen aus und ich weiß auch nicht genau, wie man Kaffee herstellt«, erklärte Tom geduldig. »Es macht mir auch nichts aus, wenn ich keinen Kaffee mehr habe. Ich trinke sowieso schon zuviel davon, was nicht gerade gesund ist.«

Jibby nickte verstehend. Nach dem Frühstück prüfte sie ihr Kleid, doch das war noch zu feucht, um es anzuziehen. »Dann laufe ich heute in der Regenjacke weiter.«

»Das ist keine gute Idee, denn in der Regenjacke wirst du bei dem warmen Wetter stark schwitzen. Es ist sicher besser, wenn wir hierbleiben, bis dein Kleid wieder trocken ist.«

»Das ist schon in Ordnung. Schließlich bin ich ja selbst schuld, dass ich hingefallen bin, und muss es nun auf mich nehmen in der Jacke zu schwitzen«, bemerkte Jibby.

Tom glaubte nicht recht zu hören. »Nun hör aber auf! Du musst dich doch für dein Missgeschick nicht selbst bestrafen. Jedem passieren Ungeschicklichkeiten und das ist auch völlig in Ordnung. Deshalb sollst du dich auch nicht dafür verurteilen, sondern daran wachsen, um es zukünftig besser zu machen. Schließlich ist niemand perfekt. Wir alle begehen Fehler! Wichtig ist nur, aus den Fehlern zu lernen, damit wir sie nicht wiederholen. Doch keiner muss sich dafür schämen, oder sich sogar dafür bestrafen. Das ist absoluter Unsinn!« Wahrscheinlich hatten ihr die Elfen aus ihrer Sippe diesen Unfug erzählt, damit sie das Mädchen noch besser kontrollieren und erniedrigen konnten! Also nahm der junge Mann Jibby in die Arme. »Es tut mir leid, dass dich die anderen Elfen so schlecht behandelt haben. Kein Wunder, dass du verunsichert bist, und glaubst immer alles falsch zu machen. Doch das wird sich nun ändern, dafür werde ich sorgen!«

Jibby schmiegte sich an ihn und schenkte ihm ein dankbares Lächeln. Weil Tom so freundlich und verständnisvoll war, wollte die Elfe ihm nun auch etwas Gutes tun. Deshalb zeigte sie ihm die verschiedenen Pflanzen der Umgebung und erklärte, wofür man sie verwenden konnte, als Medikament, zum Würzen, zur Gewinnung von Fasern für Kleidung, als Kleber, zur Desinfektion und für vieles andere.

Tom war beeindruckt von Jibbys großem Wissen über die Vegetation.

»Wenn man in der Natur überleben will, ist es sehr wichtig, die Pflanzen und ihre Verwendbarkeit zu kennen!«, bemerkte Jibby. Dem konnte Tom nur zustimmen. »Unsere Heilerin, Vori'Tah, hat mir das alles beigebracht. Sie war als Einzige immer gut zu mir, hat sich heimlich um mich gekümmert und mich viele wichtige Dinge gelehrt.«

»Wenigstens gab es eine Elfe, die dich gut behandelt hat und für dich da war«, meinte Tom erleichtert.

Schließlich war Jibbys Kleid getrocknet und sie zog sich rasch um, schaffte es sogar, den Reißverschluss ohne fremde Hilfe zu öffnen. So fühlte sie sich doch deutlich wohler und gab Tom die Regenjacke zurück, der diese wieder in seinen Rucksack packte. Dann gingen sie weiter auf ihrem Weg zu den Elfen. Nach einiger Zeit hörten sie das Rauschen eines Flusses, dem sie sich allmählich näherten, und Jibby wurde plötzlich sehr still. Je näher sie dem Fluss kamen, desto nervöser wurde die Elfe. Tom war ein wenig verwundert, denn normalerweise lief Jibby fröhlich neben ihm her und wusste immer etwas zu erzählen. Doch als der Fluss in Sicht kam, blieb die Elfe plötzlich ruckartig stehen, starrte kreidebleich, starr und mit schreckgeweiteten Augen auf das Wasser. Tom erschrak über das Verhalten der Elfe, denn so hat er sie noch nie gesehen. Er sprach sie mehrmals an, aber sie reagierte nicht. Erst als er sich vor sie stellte und sie leicht schüttelte, erwachte sie aus ihrer Starre.

»Was ist denn los mit dir?«, fragte der junge Mann besorgt.

Da streckte Jibby den Arm in Richtung Fluss aus. »M ... müssen ... wir ... da rüber?«

»Ja, müssen wir wohl«, antwortete Tom vorsichtig.

Jibby begann vor Angst zu zittern. »I ... ich ... kann das ... nicht!«

»In Ordnung, dann lass uns ein Stück zurückgehen«, sagte Tom und schob Jibby behutsam von dem Fluss weg, bis sie ihn nicht mehr sehen konnte. Dann blieb er stehen und streichelte der Elfe sanft über den Kopf. »Was ängstigt dich denn auf einmal so sehr?«

Jibby hatte sich inzwischen wieder etwas gefangen. Ihr Blick schweifte in die Ferne, dann begann sie zu erzählen. »Als ich noch ein Kind war, nahmen mich einige halbwüchsige Elfen mit zum Fluss, um eine Mutprobe zu bestehen. An einer wilden Stelle des Gewässers sollte ich zum gegenüberliegenden Ufer schwimmen. Doch ich weigerte mich, weil das Wasser viel zu schnell floß und zu tief war. Darauf haben mich die anderen Elfen verspottet und als Feigling bezeichnet, doch ich war trotzdem nicht bereit, die Mutprobe zu erfüllen und wollte weg vom Fluss, aber sie haben mir den Weg versperrt. Da haben sie mich ausgelacht und ins Wasser geworfen...« Jibbys Gesicht war bleich und angstverzerrt, während Ihre Stimme zu versagen drohte. Tom nahm sie in den Arm und drückte sie behutsam an sich. Jibby schluckte mehrmals schwer, dann fuhr sie fort. »Ich wurde fast verrückt vor Angst, als mich das eiskalte Wasser mitriss, immer wieder nach unten zog und ich zu ertrinken drohte. Ich hab' um Hilfe geschrien, doch die anderen Elfen haben nur gelacht und tatenlos zugesehen wie ich abgetrieben wurde. Ich versuchte krampfhaft über Wasser zu bleiben, doch ich hatte bald keine Kraft mehr und fror so schrecklich!« Wieder drohte ihre Stimme zu kippen und Tränen der Verzweiflung füllten ihr Augen. »Irgendwie habe ich es dann doch geschafft, mich aus dem wilden Wasser ans Ufer zu kämpfen, und lag dann dort eine halbe Ewigkeit total erschöpft und nahezu erfroren. Ich weiß nicht, wie lange ich dort nass und zitternd ruhte, bis ich endlich die Kraft fand, mich aufzurichten. Ich war weit abgetrieben worden und hab' mich den ganzen scheinbar endlos weiten Weg nach Hause geschleppt. Es war fast schon dunkel, als ich dort ankam, und meine Eltern waren ganz schön sauer. Als ich ihnen erzählte, was passiert war, glaubten sie mir nicht und meinten, ich schiebe die Schuld nur wieder auf die anderen Elfen. Ich sei wahrscheinlich nur wegen meines Leichtsinns und meiner Schusseligkeit in den Fluss gefallen. Das sei nun die Strafe für meine Unfähigkeit!« Dann begann Jibby zu weinen.

Tom war entsetzt! Ihm wurde klar, dass die anderen Elfen Jibbys Tod in Kauf nahmen, sie wahrscheinlich sogar beseitigen wollten, doch das behielt er vorerst lieber für sich. Er streichelte Jibby liebevoll und hielt sie fest an sich gedrückt.

»Bitte, du must mir das glauben, es war wirklich so, wie ich es erzählte!«, schluchzte Jibby fast flehend. Dann umklammerte sie Tom und wurde von einem heftigen Weinkrampf geschüttelt.

»Ich glaube dir doch!«, versicherte Tom der verzweifelten Elfe, hielt sie weiter fest und streichelte sie zärtlich. Er konnte nicht fassen, wie gefühllos und kalt ihre Zieheltern reagierten. Kein Wunder war Jibby vor Schreck erstarrt, als sie den Fluss sah! Sie musste damals ein schweres seelisches Trauma erlitten haben, als sie fast ertrunken war, und keiner hatte sich je darum gekümmert! Jibby weinte heftig in seinen Armen und Tom versuchte ihr die Nähe und Geborgenheit zu geben, die sie im Moment benötigte. Er streichelte sie immer weiter und war bemüht sie zu trösten, während der ganze Schmerz und die damals erlittene Angst erneut aus ihr hervorbrachen. Es dauerte lange, bis sie sich beruhigte und wieder ihre Fassung zurückgewann.

»Bitte zwing mich nicht durch das Wasser über den Fluss zu gehen!«, flehte die Elfe ihn schließlich an.

»Keine Sorge, wir suchen eine Brücke oder sonst eine Möglichkeit gefahrlos über den Fluss zu kommen«, versprach Tom, worauf Jibby ihn dankbar und erleichtert ansah. Dann drückte der junge Mann die Elfe noch einmal liebevoll an sich. »Hab keine Angst, ich werde dich sicher über den Fluss bringen.«

Wieder war Jibby gerührt von seinem Verständnis und seiner Fürsorge. So nahm sie all ihren Mut zusammen und folgte Tom den Fluss entlang, doch es fand sich lange Zeit kein Bereich für eine gänzlich gefahrlose Überquerung des Gewässers. Die niedrigste Stelle mit einigermaßen langsam fließendem Wasser war für Tom gerade einmal knietief. Da Jibby etwas kleiner als er war, reichte ihr das Wasser bis an die Oberschenkel. Tom wollte noch vor Beginn der bald einsetzenden Dämmerung an dieser Stelle den Fluss überqueren, indem er Jibby hinüber trug. Sollten sie vor der Überquerung hier Übernachten, würde sich Jibby die ganze Nacht vor dem Fluss fürchten, was ihr bestimmt nicht gut bekam. Nachdem sie schon länger erfolglos nach einer passenden Stelle für die Überquerung gesucht hatten, war er überzeugt davon, keine bessere Stelle zu finden. Jibby war zwischen Vertrauen und Angst zunächst hin und her gerissen, doch Tom versprach ihr gut auf sie aufzupassen und sie sicher hinüber zu tragen. Schließlich siegte Jibbys Vertrauen in Tom und sie wollte die Überquerung des Flusses auch baldmöglichst hinter sich bringen.

So nahm Tom sie auf seine Arme und Jibby hielt sich so gut wie möglich an ihm fest. Dann stieg er vorsichtig ins Wasser. Trotz der geringen Tiefe war der Druck beträchtlich, und kalt war es noch dazu. Auch der Untergrund war etwas uneben, doch das Wasser war klar genug, um bis zum Grund zu sehen. Behutsam watete Tom vorwärts, während Jibby vor Angst fast den Atem anhielt. »Keine Sorge, es ist alles in Ordnung. Ich kann mich gut halten. Es geht einfacher, als ich dachte«, sprach Tom ruhig auf sie ein und schenkte ihr ein aufmunterndes Lächeln, das Jibby kurz erwiderte. Vorsichtig setzte der junge Mann einen Fuß vor den anderen. Bis zur Mitte kam er langsam, aber problemlos voran, dann rutschte er kurz aus. Jibby schrie auf und kniff vor Schreck die Augen zusammen, doch Tom fing sich wieder und entschuldigte sich darauf bei Jibby, die nun noch mehr Angst hatte. Erneut ging Tom Schritt für Schritt langsam und noch vorsichtiger weiter. Irgendwie schien die Strecke bis zum Ufer nicht kleiner zu werden. Allmählich wurden Toms Füße und Beine von der Kälte gefühllos, doch er setzte trotzdem besonnen und langsam seinen Weg fort. Er kam jetzt gut mit dem Wasserdruck klar und konnte sich leicht ausbalancieren. Jibby hielt es kaum noch aus vor Angst, doch Toms beruhigende Worte zeigten durchaus Wirkung. Endlich hatte er das rettende Ufer erreicht. Inzwischen waren seine Beine und Füße praktisch gefühllos, doch mit einigen letzten entschlossenen Schritten watete er aus dem Wasser und stand wieder auf dem Trockenen! Als er Jibby absetzte, gaben ihr die Knie nach und sie musste sich erst einmal hinsetzen. Tom setzte sich neben sie, um kurz zu verschnaufen. »Das hast du sehr gut gemacht!«, lobte er die Elfe, dann umarmten sie sich glücklich. Darauf holte Tom die Isomatte und den Schlaf-sack aus dem Rucksack, zog seine nassen Schuhe und die Hose aus und schlüpfte unter die Decke, um sich aufzuwärmen.

»Tut mir leid, dass ich solche Angst hatte. Ich bin wohl wirklich ein Feigling«, sagte Jibby kleinlaut.

»Das stimmt doch gar nicht!«, antwortete Tom empört. »So etwas darfst du auf keinen Fall glauben! Im Gegenteil! Es war ausgesprochen mutig von dir, dich über den Fluss tragen zu lassen, wo du wegen dieses schrecklichen Erlebnisses von damals noch so traumatisiert bist. Ich bin sogar sehr stolz auf dich, dass du diesen Schritt gewagt hast und so tapfer warst, obwohl du so viel Angst hattest! Außerdem hat jeder das Recht Angst zu haben. Das ist etwas völlig Natürliches, für das sich niemand schämen muss! Nein, ein Feigling bist du ganz gewiss nicht, sondern ein verdammt mutiges Mädchen, das sogar seine Angst überwunden hat. Darauf kannst du sehr stolz sein!«

Jibby betrachtete den jungen Mann zunächst ein wenig überrascht. »Ist das wirklich so?«

»Oh ja, ganz bestimmt!«, bekräftigte Tom mit Nachdruck.

Jibby bedankte sich darauf gerührt bei dem jungen Mann, der sie liebevoll in den Arm nahm und ihr einen Kuss auf die Wange gab.

Während Tom sich noch aufwärmte, suchte Jibby etwas zu essen für sie und sammelte auch gleich Holz für ein Feuer. Kurze Zeit später hatte sie ein Lagerfeuer entzündet und kochte für sie beide wieder einen schmackhaften Eintopf, während sich Tom durch die zusätzliche Wärme der Flammen rasch aufwärmte.

»Du verwöhnst mich ja richtig«, meinte Tom zwinkernd.

Jibby schenkte ihm ein liebevolles Lächeln. »Du hast heute so viel für mich getan, da kann ich dir doch auch einmal etwas Gutes tun.«

Als sie sich neben ihn setzte, nahm Tom sie kurz in den Arm, drückte sie an sich und streichelte ihre Wange. Jibby ließ es mit einem verlegenen Lächeln geschehen. Dann aßen sie gemeinsam. Nach dem anstrengenden Tag waren beide sehr müde und lagen bald zusammen auf der Isomatte unter der Schlafsack-Decke. Jibby war recht nachdenklich, denn heute hatte sich vieles von ihrem Weltbild verändert, was sie erst einmal verarbeiten musste. Dank Toms geduldigen Erklärungen sah sie sich nun in einem besseren Licht, wofür sie ihm sehr dankbar war. Damit hatte er ihr wieder ein weiteres Stück Selbstachtung gegeben, was sie erst einmal genoss. Als Tom ihr schließlich einen Gutenachtkuss gab, drückte sie ihm auch erstmals einen scheuen Kuss auf die Wange und war danach kurz verlegen, aber glücklich. Tom nahm sie daraufhin in die Arme und streichelte sie zärtlich. Jibby schmiegte sich mit freudigem Lächeln an ihn und genoss seine Nähe. Zum ersten Mal in ihrem Leben fühlt sie sich verstanden und geborgen bei jemandem den sie lieb gewonnen hatte und schlief schließlich glücklich in seinen

Armen ein. Auch Tom war erfreut über Jibbys Nähe und hatte endlich jemanden gefunden, den er lieben und um den er sich kümmern konnte. Er nahm sich vor, all ihr seelischen Wunden allmählich durch seine Zuneigung und Fürsorge zu heilen und ihr ihre Selbstachtung Schritt für Schritt zurückzugeben. Es tat gut abermals jemanden zu haben, den er umsorgen und beschützen konnte. Endlich hatte sein Leben wieder einen Sinn! Mit diesen positiven Gedanken fiel auch er schließlich in einen erholsamen Schlaf.

Ein Bad im See

Durch die Anstrengung des vorherigen Tages erwachte Tom am nächsten Morgen erst etwas später als gewöhnlich. Da sich Jibby noch an ihn gekuschelt hatte, blieb er erst einmal liegen und genoss ihre Nähe, bis auch sie sich regte. Als sie die Augen öffnete, streichelte er ihr über den Kopf und begrüßte sie freundlich, worauf Jibby ihm ein strahlendes Lächeln schenkte. Sie war erstaunt und gleichzeitig erfreut, dass er noch neben ihr lag. Gemeinsam genossen sie noch die gegenseitige Nähe und tauschten Zärtlichkeiten aus, bis der Hunger sie aufstehen ließ. Nach einem kurzen Frühstück machten sie sich wieder zusammen auf den Weg zu den Elfen. Das Wetter war sonnig, aber angenehm kühl, also ideales Reisewetter. Die beiden kamen gut voran. Jibbys Fuß war inzwischen verheilt, so dass sie normal gehen konnte und die Krücke nur noch zur Sicherung benutzte. Auch hatte sie mittlerweile genug Kondition beim Laufen entwickelt und war nun problemlos in der Lage mit Tom mitzuhalten. Die Schuhe, welche Tom für sie angefertigt hatte, leisteten gute Dienste und schützten ihre zarten Füße gut, ohne sie zu behindern oder zu schmerzen. Jibby fand am Gehen inzwischen auch gefallen, weil sie die Landschaft so aus einer ganz anderen Perspektive wahrnahm, als beim Fliegen. Auch zog das Gelände dabei gemächlicher vorbei, so dass sie die Umgebung intensiver erlebte und deutlich mehr Einzelheiten registrierte. Zuvor war ihr das Laufen zuwider gewesen, viel zu langsam und anstrengend, und ihr taten die Menschen leid, die auf diese Art der Fortbewegung reduziert waren. Doch inzwischen genoss sie das Wandern sogar, nicht zuletzt wegen Toms An- wesenheit. Manchmal jedoch vermisste sie das Fliegen und hoffte, dass sie bald den seltenen Schillerklee fand, der ihren eingerissenen Flügel heilen würde. Auch Tom war froh, dass Jibby wieder normal gehen konnte und nicht mehr auf die Krücke angewiesen war. So kamen sie deutlich schneller voran und konnten auch weiter laufen, zumal sich Jibby inzwischen zu einer guten Läuferin entwickelt hatte. So legten sie auch an diesem Tag ein größeres Stück Weg zurück, bis sie am späten Nachmittag eine geeignete Stelle zum Rasten fanden. Jibby war nun doch erschöpft und ihre Füße schmerzten, weshalb sie sich erst einmal sitzend an einen Baum lehnte, um auszuruhen.

»Soll ich dir die Füße massieren, dann tun sie nicht mehr so weh«, schlug Tom der Elfe vor.

Jibby zog unsicher ihre Beine zu sich heran. »Ist massieren ein anderes Wort für kitzeln?«

»Nein, ist es nicht«, versicherte Tom schmunzelnd. »Es wird dir bestimmt guttun.«

»Also gut«, antwortete Jibby zögernd und streckte ihre Beine wieder aus.

Tom kniete vor sie nieder, zog ihr die Schuhe aus und begann dann ihre Füße zu massieren.

»Ah, ist das angenehm!«, rief Jibby und machte ein verzücktes Gesicht, während sie sich von Tom verwöhnen ließ, der schmunzelnd den Kopf schüttelte.

Nach der Massage saß Jibby noch eine Weile entspannt an den Baum gelehnt. Tom sammelte derweil Feuerholz und etwas zu essen. Dabei entdeckte er einen See im Wald. Dort könnte er endlich wieder einmal baden und seine Kleidung waschen. Bei seiner Rückkehr erzählte er Jibby von dem Fund. Die wollte auch mit baden gehen.

»Das wäre sicher nicht falsch«, sagte Tom zu der Elfe, zog eine Grimasse und hielt sich die Nase zu.

Jibby entgleisten die Gesichtszüge ob dieser scheinbaren Unverschämtheit! Dann erst sah sie sein breites Grinsen und erkannte, dass er sie nur aufziehen wollte. Sie richtete sich kerzengerade auf und stemmte vermeintlich empört die Arme in die Seiten, worauf Tom ihr reumütig die Hand reichte und beim Aufstehen half. »Frechheit!«, brummte Jibby schmunzelnd, wonach Tom ihr lachend die Haare verstrubbelte und sie dann zu dem See führte. Die Elfe wollte sich Tom jedoch nicht nackt zeigen, also ließ er sie an einer seichten Stelle des Ufers zurück und ging ein Stück weiter, wo er seine Oberbekleidung auszog und reinigte.

Er hört, wie Jibby rasch ins Wasser stieg und sah gerade noch, wie sie untertauchte. Doch sie kam nicht mehr hoch und blieb unter Wasser! Tom merkte sofort, dass etwas nicht stimmte, rannte auf die Stelle zu, wo er Jibby zuletzt sah, und landete mit einem Hechtsprung im See. Wenige Augenblicke später hatte er die Position erreicht und tauchte ab. Tatsächlich hatte sich Jibbys linker Fuß zwischen Wasserpflanzen verfangen und sie schaffte es nicht, sich daraus zu befreien. Tom fasste beherzt zu und wollte ihren Fuß herausziehen, doch die elastischen Stängel gaben Jibbys Fuß nicht frei. Jibby wurde allmählich die Luft knapp und Tom zerrte nun an den Stängeln selbst, doch die ließen sich nicht so einfach zerreißen. Tom zog mit aller Kraft an den Stängeln und schaffte es, einige davon durchzutrennen, während Jibby bereits einer Ohnmacht nahe war. Endlich hatte er eine ausreichend große Öffnung geschaffen, so dass Tom Jibbys Fuß herausziehen konnte, doch die Elfe hing schon leblos im Wasser. Er zog sie zur Wasseroberfläche und brachte sie so rasch wie möglich an Land. Dort legte er sie auf den Boden, doch Jibby atmete nicht mehr! Tom begann sofort sie zu beatmen und nach wenigen Atemstößen erwachte Jibby endlich, hustete kräftig und presste das Wasser aus ihrer Lunge. Dann lag sie schwer atmend da und schnappte erst einmal nach Luft. Tom war froh, dass sie lebte, und streichelte ihr beruhigend über den Kopf, bis sich ihr Atem wieder normalisierte. Erst jetzt bemerkte Jibby, dass sie noch immer splitternackt war, und bedeckte ihre Brüste mit einem Arm, während sie mit der anderen Hand ihre Genitalregion zudeckte.

»Leider hatte ich keine Zeit mehr, dir vorher etwas anzuziehen, bevor ich dich reanimierte«, bemerkte Tom schmunzelnd.

Jibby sah ihn fragend an. »Rea ... was?«

»Reanimierte«, korrigierte Tom geduldig. »Du hast nicht mehr geatmet, deswegen war ich dir kurz beim Atmen behilflich. Dann bist du schnell wieder zu dir gekommen.«

»Dann hast du mich ein weiteres Mal gerettet«, meinte Jibby kleinlaut und bedankte sich verlegen, während Tom seine Regenjacke auspackte und über Jibby legte.

»Bleib noch liegen, bis du wieder zu Kräften gekommen bist«, riet Tom der Elfe und streichelte ihr über den Kopf. Als sich Jibbys Zustand stabilisiert hatte, erhob sich Tom und zog sich neben der Elfe aus, was sie ziemlich verlegen machte. Dann sammelte er seine und Jibbys Kleidung ein und nahm sie mit ins Wasser, um sie vor seinem Bad zu reinigen. Jibby schlüpfte inzwischen rasch in die Regenjacke, konnte den Reißverschluss wieder nicht schließen und hielt die Enden der Jacke erneut krampfhaft fest, bis Tom aus dem Wasser watete, wobei Jibby erstmals einen kurzen, neugierigen Blick auf seinen nackten Körper warf. Der junge Mann legte die Kleidung zum Trocknen aus, hüllte sich in die Schlafsack-Decke und half der sichtlich verlegenen Jibby beim Schließen des Reißverschlusses. Während die Elfe ein Feuer machte, rollte Tom die Isomatte aus und die beiden aßen die von ihm zuvor gesammelte Nahrung. Danach waren beide recht müde.

Jibby machte es sich auf der Isomatte bequem, während Tom noch rasch das Feuer löschte. Dabei rutschte ein Teil der Schlafsack-Decke, mit der sich Tom bedeckte, ein Stück zur Seite, wodurch ein Teil seines nackten Körpers kurz sichtbar wurde. Dadurch wurde Jibby klar, dass er diese Nacht erstmals nackt neben ihr liegen würde und ihr wurde ein wenig mulmig. Würde er sich wünschen, dass sie sich ebenfalls entkleidete, oder würde er sich sogar mit ihr körperlich vereinigen wollen? Jibby wurde bei dem Gedanken gleichzeitig heiß und kalt! Sie hatte bisher noch mit keinem Mann das Bett geteilt, hatte keine Erfahrung in solchen Dingen, was sie nun doch sehr verunsicherte. Was sollte sie nur tun? In diesem Moment legte sich

Tom neben sie und bedeckte sie beide mit der Schlafsack-Decke. Jibby war total durcheinander und ein wenig ängstlich. Tom drehte sich zu ihr und streichelte ihr über die Wange, worauf sie kurz zusammenzuckte.

»Entschuldigung, habe ich dich erschreckt?«, fragte er überrascht.

»Nein ... ich war nur kurz in Gedanken«, antwortete Jibby ausweichend.

Tom bemerkte durchaus Jibbys Verunsicherung und fragte behutsam »Was ist los, geht es dir nicht gut?«

Jibby fühlte sich sichtlich unwohl, versuchte aber es nicht zu zeigen. »Ach, in letzter Zeit hat sich so viel verändert, mein ganzes Weltbild wurde durcheinandergewirbelt, das muss ich erst einmal alles verstehen, glaube ich«, antwortete sie wieder ausweichend.

»Das ist verständlich«, meinte Tom mit gütigem Gesichtsausdruck. »Das hat dich bestimmt recht durcheinandergebracht.«

Jibby sah ihn unsicher an und nickte. Dabei lag Sie völlig steif neben ihm, traute sich nicht einmal ihn zu berühren.

Tom wunderte sich über ihr Verhalten. In den letzten Tagen hatte sie sich immer sofort an ihn gekuschelt, jetzt hielt sie plötzlich Abstand zu ihm. Doch er wollte sie nicht gleich weiter befragen, da er wusste, wie sensibel Jibby war. Stattdessen strich er mehrmals zärtlich über ihre Wange, doch Jibby schien dadurch nur noch steifer zu werden. »Dich bedrückt doch irgendetwas«, sagte er schließlich besorgt. »Was hast du?«

In diesem Moment füllten sich Jibbys Augen mit Tränen. Sie drehte sich rasch von ihm weg und begann zu weinen. »Ich mach' doch sowieso nur alles falsch...«, sagte sie mit tränenerstickter Stimme.

Tom erschrak über ihre heftige Reaktion, zumal es dafür überhaupt keinen Grund gab. Behutsam näherte er sich ihr, streichelte ihr über die Haare und sagte so freundlich wie möglich »Was ist denn los, du hast doch gar nichts falsch gemacht?« In diesem Moment drehte sie sich zu ihm, umarmte ihn und weinte heftig. Tom nahm sie in seine Arme, drückte sie an sich und ließ sie erst einmal gewähren, bis sie sich wieder etwas beruhigt hatte. Dann schob er sie behutsam von sich, bis er in ihr Gesicht blicken konnte, streichelte sie sanft und fragte dann sacht »Was bedrückt dich?«

Jibby schluckte ein paarmal, dann fand sie ihre Stimme wieder. »Weißt du, ich war noch nie mit einem Mann zusammen. Ich habe überhaupt keine Erfahrung in sowas, und als du heute zum ersten Mal nackt neben mir lagst, wusste ich nicht was ich tun soll, ob du vielleicht mehr von mir willst...« Ihre Stimme brach kurz und sie schluchzte mehrmals.

»Tut mir leid, ich habe nicht gewusst, dass es dich so verunsichert, wenn ich nackt neben dir liege« sagte Tom freundlich. »Warum hast du mich denn nicht einfach gefragt?«

»Vielleicht hättest du mich dann für ein dummes, ahnungsloses, kleines Mädchen gehalten, oder du wärst vielleicht böse geworden, weil ich mich so dumm anstelle, und hättest mich dann nicht mehr gemocht...« Wieder brach ihre Stimme kurz. »Ich mach' eben immer nur alles falsch und bin zu nichts nütze!« Dann begann sie erneut zu weinen.

Tom drückte sie an sich und streichelte sie sanft. »Du machst überhaupt nichts falsch, das haben dir nur die anderen Elfen eingeredet, um dich zu quälen und zu verunsichern. Ich hätte dich bestimmt nicht für ein dummes, kleines Mädchen gehalten, und böse wäre ich dir ganz sicher nicht gewesen. Dafür habe ich dich doch viel zu lieb! Du kannst doch nichts dafür, dass du noch keine Erfahrung hast und das ist doch auch keine Schande. Du darfst mich jederzeit alles fragen, und ich werde mich bestimmt nicht über dich lustig machen oder dich für dumm halten. Nein, du machst überhaupt nichts falsch und unnütz bist du ganz und gar nicht! Vergiss am besten ganz schnell, was die zu dir gesagt haben. Das war einfach nur gemein und böse!« Dann schob er sie wieder behutsam von sich und wischte ihr die Tränen aus dem Gesicht.

Jibby sah ihn schuldbewusst an. »Tut mir leid, ich wollte dich nicht erschrecken, aber ich war einfach total verunsichert und wusste nicht mehr, was ich tun sollte.«

»Es gibt nichts zu entschuldigen. Wenn du unsicher bist, oder nicht mehr weiter weißt, dann frag mich und wir finden gemeinsam eine Lösung, oder ich sage dir, was ich möchte. Einverstanden?«

Jibby nickte dankbar.

»Du brauchst dich auch nicht zu schämen, wenn du etwas nicht weißt. Wir Menschen haben ein Sprichwort: Es ist noch kein Meister vom Himmel gefallen.« Dann begann er zu schmunzeln. »Auch keine Elfe!«, meinte er zwinkernd.

Darauf konnte Jibby wieder lächeln, bedankte sich bei ihm und gab ihm einen scheuen Kuss.

»Und wenn mich etwas stört, oder du mich ärgerst, dann sage ich dir das schon«, meinte Tom und machte eine Faust, »oder ich hau dir Eins auf die Nase!«, worauf er ihr einen sanften Stups auf ihr Riechorgan gab, was ihr ein kurzes Kichern entlockte. Dann schmiegte sie sich erleichtert an ihn und schlief wenig später ein.

Tom blieb noch länger wach. Dieses Missverständnis hatte ihm deutlich gezeigt, wie verletzt und verunsichert Jibbys Seele wirklich war und wie behutsam er mit ihr umgehen musste, um die Verletzungen zu heilen. Es würde sicher lange dauern, bis sich die Wunden der Vergangenheit bei ihr schlossen und sie wieder zu einer selbstbewussten und glücklichen Elfe wurde. Tom wollte sie auf jeden Fall so lange wie möglich auf diesem Weg begleiten und unterstützen, vielleicht sogar den Rest seines Lebens mit ihr verbringen. Es war sich jedoch nicht sicher, ob die neue Elfensippe ihn als Jibbys Partner akzeptieren und bei sich aufnehmen würde. Doch bis dahin war noch etwas Zeit und so genoss er einfach nur ihre Nähe und ihr liebenswürdiges Wesen. Er streichelte noch einmal sanft über ihre Haare, dann schlief auch er endlich ein.

Jibby erwachte mitten in der Nacht, weil es ihr in der Regenjacke erneut zu warm geworden war. Zuerst öffnete sie die Jacke nur ein gutes Stück weit und wollte gleich wieder weiter schlafen, doch irgendwie plagte sie dabei das schlechte Gewissen. Warum war sie Tom gegenüber immer noch so schüchtern? Sie hatte ihm doch schon ihre Liebe gestanden und er hatte sie drüben beim See ja auch bereits unbekleidet gesehen. Jetzt, wo er nackt neben ihr lag, würde er sich sicher freuen, wenn sie sich auch entkleidete. Was war schon dabei? Bisher war er mehr als respektvoll mit ihr umgegangen und er würde bestimmt nichts tun, was ihr missfiel oder sie verletzte. Dafür war er viel zu liebenswürdig und rücksichtsvoll. Somit gab es für ihre Verlegenheit überhaupt keinen Grund mehr. Er war an diesem Abend so verständnisvoll und hilfsbereit gewesen, hatte sie getröstet und ihre Selbstachtung wieder gestärkt, da sollte sie doch bereit sein, ihm wenigstens diesen Gefallen zu tun. Ja, sie wollte ihm zumindest eine kleine Freude machen, als Dank für seinen freundlichen und geduldigen Umgang mit ihr. So setzte sie sich behutsam auf, um Tom nicht aufzuwecken. Dann zog sie die Regenjacke aus, legte sie neben die Isomatte und schlüpfte nackt wieder unter die Schlafsack-Decke. Zuerst hielt sie noch etwas Abstand zu ihm, doch dann rutschte sie näher an ihn heran, bis sich ihre Körper berührten. Ein angenehmer Schauer durchlief sie, als sie Toms nackte Haut erstmals so großflächig auf ihrer eigenen Haut spürte. Doch es fühlte sich gut an, sogar sehr gut! So genoss Jibby die Berührung und die Wärme seiner Haut. Er würde sich bestimmt freuen, wenn sie morgen früh so neben ihm lag, zumindest hoffte sie dies sehr. Gleichzeitig freudig erregt und geborgen lag sie noch einige Zeit wach und ließ sich von ihren angenehmen Gefühlen durchströmen, bis sie schließlich glücklich einschlief.

Schillerklee!

Tom war überrascht, als er am nächsten Morgen die Regenjacke neben der Isomatte liegen sah. Er hob kurz die Decke an und sah, dass Jibby tatsächlich nackt bei ihm lag. Der junge Mann musste lächeln und blieb noch länger liegen, um die Wärme ihrer Haut zu genießen, bis die Elfe erwachte.

»Guten Morgen«, begrüßte sie Tom freundlich.

Jibby sah die Regenjacke und erinnerte sich, dass sie unbekleidet neben Tom lag. Sie wurde kurz verlegen. »Ich hoffe, es stört dich nicht, dass ich mich ausgezogen habe.«

»Ganz und gar nicht!«, versicherte Tom zwinkernd, worauf Jibby nochmals verschämt den Blick senkte.

»Tut mir leid, dass ich mich gestern so dumm angestellt habe, als du mich unbekleidet gesehen hast«, entschuldigte sich die Elfe.

»Dafür brauchst du dich nicht zu entschuldigen. Sich jemandem nackt zu zeigen ist schließlich eine sehr persönliche und intime Angelegenheit. Das tut man normalerweise nur bei einer sehr vertrauten Person, oder bei jemandem, den man schon lange kennt. Deswegen bin ich dir nicht böse.«

»Danke, dass du so verständnisvoll und geduldig bist«, sagte Jibby.

»Ist schon in Ordnung«, gab Tom zurück und streichelte Jibby zärtlich über den Kopf, worauf sich die Elfe an ihn schmiegte. Der junge Mann strich schließlich auch sanft über ihr Gesicht, ihre Arme und ihren Rücken, wobei Jibby ihm ein strahlendes Lächeln schenkte. Mutig geworden, streichelte er auch sanft über ihren Bauch, worauf die Elfe plötzlich kichernd zusammenzuckte.

»Da bin ich kitzelig«, gab sie dann zu.

»Sooo«, meinte Tom langgezogen und kitzelte sie gleich noch einmal, was Jibby mit einem leisen Aufschrei quittierte.

»Nein, hör auf!«, rief sie lachend und begann zu strampeln.

Tom ließ sie los. »Da bist du wirklich ziemlich kitzelig.«

»Das musst du ja nicht gleich ausnützen!«, schimpfte Jibby in gespieltem Ärger.

Tom bedachte sie mit einem amüsierten Seitenblick. »Doch!«, meinte er dann nur grinsend, worauf Jibby nochmals zusammenzuckte, weil sie befürchtete, er würde sie gleich noch einmal kitzeln. Stattdessen drückte er ihr zwinkernd einen Kuss auf die Wange.

Jibby bedachte ihn mit einem strafenden Blick, begann dann aber vergnügt zu lächeln, während Tom sie weiter streichelte. Schließlich drehte sich der junge Mann auf den Rücken und hob Jibby dabei hoch, so dass sie auf ihm zu liegen kam, worauf die Elfe kurz erschrak.

»Alles in Ordnung?«, fragte Tom vorsichtig.

»Ist schon gut. Ich habe nur nicht damit gerechnet, dass du mich hochhebst«, antwortete Jibby amüsiert. Dann legte sie ihren Kopf auf Toms Schulter und ließ sich von ihm verwöhnen. Der junge Mann liebkoste ihre Arme, ihren Rücken und die Seiten ihres Körpers. Nie zuvor war jemand so zärtlich und liebevoll zu ihr gewesen, weshalb Jibby seine sanften Berührungen sehr genoss. Der großflächige Kontakt mit seiner nackten Haut war sehr angenehm und gleichzeitig erregend.

Tom ging es genauso. Auch er genoss die Nähe und die Berührung der Elfe sehr.

Nach einiger Zeit hob Jibby ihren Kopf und sah Tom unsicher an.

»Was ist los? Bedrückt dich etwas?«, fragte Tom vorsichtig.

»Ich ... möchte dich gerne etwas fragen, aber ich trau' mich nicht so richtig«, gab Jibby schließlich zu.

»Na, nun sag schon! Ich werde dich sicher nicht gleich auffressen«, antwortete Tom augenzwinkernd. »Obwohl ich dich zum Fressen gern habe.«

»Jibby musste lächeln und wurde dann recht verlegen. »Tom ... möchtest du ... dich mit mir ... körperlich vereinigen?«

Der junge Mann sah sie überrascht an. »Du meinst, ob ich mit dir schlafen will?«

»Wenn ihr Menschen eine körperliche Vereinigung so nennt, ja!«, sagte Jibby bestimmt und errötete kurz.

»Das ... würde ich schon gerne«, gab Tom zögernd zu. »Ich habe allerdings nichts zur Verhütung dabei.«

»Was meinst du mit Verhütung?«, fragte Jibby unsicher.

»Ich habe keine Möglichkeit zu verhindern, dass du dabei eventuell schwanger wirst«, erklärte Tom.

»Ach so. Da brauchst du dir keine Sorgen zu machen. Wir Elfen können es willentlich steuern, ob wir schwanger werden oder nicht, und im Moment will ich das nicht.«

»Tatsächlich?«, fragte Tom überrascht, worauf Jibby mit Nachdruck nickte und ihn dabei schon fast flehentlich ansah.

»Na gut, dann werde ich mich natürlich gerne mit dir körperlich vereinigen«, meinte Tom zwinkernd. Jibby schenkte ihm ein strahlendes Lächeln. Dann drehte er sich um, so dass die Elfe unter ihm zu liegen kam.

»Du weißt, dass ich noch keine Erfahrung habe. Ich hoffe, ich mache nichts falsch«, sagte Jibby ein wenig ängstlich.

»Da kannst du gar nichts falsch machen. Lass dich einfach treiben und genieß' es«, beruhigte Tom die verunsicherte Elfe und schenkte ihr ein verständnisvolles Lächeln. Jibby quittierte seine Antwort mit einem dankbaren Blick. Dann begann er sie wieder zu liebkosen, streichelte und küsste sie, was Jibby allmählich immer mehr erregte. Jede seiner Berührungen schickte Wellen angenehmer Gefühle durch ihren Körper. Jeder Kuss war wie eine kleine Explosion auf ihrer nackten Haut. Tom liebkoste sie immer intensiver und Jibby tauchte in einen Ozean voller Glück und angenehmster Emotionen ein. Ihr Atem beschleunigte sich, während sie von scheinbar immer höheren Wellen der Wonne durchflutet wurde und allmählich das Gefühl hatte zu schweben. Jede Berührung elektrisierte sie, jeder Kuss jagte angenehmste Schauer durch sie hindurch. Die großflächige Berührung mit Toms nackter Haut schickte Wogen nie gekannten Glücks durch ihren Körper und erzeugte ein Feuerwerk der Erregung. Immer tiefer versank sie in einem Ozean voller Hochgefühl, schien regelrecht darin zu ertrinken. Dann drang der junge Mann in sie ein und Jibby hatte erstmals das Gefühl, dass sie gleich explodierte! Ihre Wonne schien sich ins Unermessliche zu steigern und trotzdem war kein Ende davon in Sicht, denn Tom schickte sie immer weiter auf einer schier endlosen Reise des Glücks. Jibby nahm kaum noch die Umgebung wahr, wurde von gewaltigen, wunderschönen Gefühlen durchzogen, schien zu schweben und gleichzeitig in angenehmsten Emotionen zu ertrinken, als der junge Mann mit ihr auf einen fernen Höhepunkt zusteuerte. Jede Berührung, jeder Kuss schickte wohlige Schauer wie Stromstöße durch ihren Leib und Jibby hatte das Gefühl vollkommenen Kontrollverlustes über ihren Körper. Sie wurde von einem regelrechten Rausch erfasst, von Wellen unermesslichen Glücks fortgeschwemmt, ging unter in einem Ozean aus Hochgefühlen und schien gleichzeitig über allen Wolken zu schweben! Dann erreichten sie den Höhepunkt der Reise und Jibby schien mit einem Feuerwerk zu verbrennen, verging in einer gewaltigen Detonation des Glücks und fantastischer Emotionen, wurde von überdimensionalen Fontänen angenehmster Gefühle hoch hinauf geschleudert, fiel herab und landete schließlich sanft in Toms Armen. Es dauerte eine Weile, bis Jibby zu ihrer normalen Wahrnehmung zurückfand und sich wieder unter Kontrolle hatte. Tom streichelte sie mit einem liebevollen Blick, während sich Jibbys Augen mit Tränen füllten. »Was ist los, habe ich dir weh getan?«, fragte der junge Mann besorgt.

Jibby schüttelte den Kopf. »Ich wein' doch nur vor Glück«, sagte sie schluchzend. Noch nie in ihrem Leben war jemand so zärtlich, so freundlich und liebevoll zu ihr gewesen, hatte ihr so viel Wärme, Glück und Freude bereitet! Die damit verbundenen starken Emotionen waren zu viel für die empfindsame Elfe und sie wurde von ihren Gefühlen überwältigt. Sie umklammerte Tom und begann heftig zu weinen, als ihre gesamte langjährige Sehnsucht nach Liebe, Wärme, Geborgenheit und Verständnis aus ihr hervor brachen und sie wie eine riesige Welle überschwemmten. All die seelischen Schmerzen, die sie erlitten hatte, die Angst, die Einsamkeit und die Verzweiflung kamen plötzlich auch an die Oberfläche und entluden sich in einem heftigen Weinkrampf. Tom hielt sie ganz fest, streichelte und liebkoste sie, während sie lange in seinen Armen weinte. Der junge Mann ließ sie gewähren und versuchte ihr die nötige Zuneigung und das Verständnis entgegen zu bringen, das sie nun brauchte, bis ihre Tränen endlich versiegten. Tom streichelte ihr zärtlich über das Gesicht. »Geht es dir jetzt besser?«, fragte er besorgt, worauf Jibby nickte und ihm einen dankbaren Blick zuwarf. Sie war noch zu überwältigt zum Sprechen, so ließ ihr Tom die nötige Zeit um sich wieder zu fangen.

»Tut mir leid, ich wollte dich nicht erschrecken«, entschuldigte sich Jibby mit rauer Stimme. »Auf einmal kam wieder meine Sehnsucht nach Liebe und Geborgenheit hoch, die ich so lange vermisste und endlich bei dir gefunden habe. Das war so schön und gleichzeitig so schmerzhaft, dass es mich überwältigte.«

»Kein Grund sich zu entschuldigen«, beruhigte sie Tom. »Du hast so viel durchgemacht, so viel Schlimmes erlebt, da ist es kein Wunder, wenn deine Gefühle dich erschüttern. Ich hoffe nur, dass du das alles bald hinter dir lassen kannst und endlich glücklich wirst.«

»Ich bin so glücklich wie nie zuvor mit dir!«, versicherte Jibby. »Hoffentlich verlange ich nicht zu viel von dir«, meinte sie dann besorgt.

Tom schüttelte den Kopf. »Das tust du ganz sicher nicht. Im Gegenteil! Ich fühle mich so wohl bei dir und bin so glücklich, dich getroffen zu haben, dass ich gerne den Rest meines Lebens mit dir verbringen möchte«, gestand Tom der Elfe.

Jibby bekam große Augen. »Du willst für immer bei mir bleiben?«, fragte sie ungläubig.

»Tom nickte. »Ich könnte mir gerade nichts Schöneres vorstellen.«

»Hältst du es denn mit so einer schusseligen Elfe wie mir so lange aus?«, fragte sie besorgt.

»Zufällig mag ich schusselige Elfen sehr!«, versicherte Tom, lächelte liebevoll und streichelte ihre Wange.

Wieder stiegen Jibby Freudentränen in die Augen. »Oh Tom, das ist ja wundervoll!«, rief Jibby begeistert und umarmte den jungen Mann heftig.

Auch Tom drückte sie an sich und gab ihr dann einen Kuss. »Wenn du es auch mit mir aushältst?«

»Auch ich könnte mir nichts Schöneres vorstellen«, versicherte nun auch Jibby. Dann begann sie zu schmunzeln. »So lange du mich nicht zu oft kitzelst.«

Tom warf ihr einen amüsierten Blick zu. »Na gut, das müsste machbar sein.«

Jibby lachte auf, dann schmiegte sie sich an den jungen Mann. »Lass mich einfach noch eine Weile bei dir liegen. Es ist gerade so schön«, meinte sie dann mit verträumtem Blick.

Tom nickte und begann sie wieder zu streicheln. So lagen sie noch eine Weile zusammen, genossen die gegenseitige Nähe und tauschten Zärtlichkeiten aus, bis der Hunger sie schließlich zum Aufstehen drängte. Ihre Kleidung war inzwischen getrocknet. So zogen sie sich an und suchten gemeinsam in der Umgebung etwas zu essen. Dabei entdeckte Jibby eine größere Ansammlung von Schillerklee. Die Elfe freute sich sehr über den Fund, denn damit konnte sie endlich ihren eingerissenen Flügel heilen. Nach einem kurzen Mahl pflückte Jibby etwas von dem Klee, während sie Tom erklärte, wie er daraus eine Paste herstellen konnte. Der junge Mann machte ein Feuer und kochte darauf den Klee, bis das Gemisch zu einer dickflüssigen Masse wurde. Die Elfe brachte ihm noch einige dicke Blätter, die einen heilenden Milchsaft enthielten, den Tom jetzt noch zu der Kleepaste hinzugab. Jibby erklärte ihm, dass die Kleepaste stark brannte, und die Schmerzen mit der Blättermilch erträglicher waren. Dann legte sich Jibby auf den Bauch und streckte ihren verletzten Flügel aus, den Tom mit einem Kleidungsstück polsterte. Der junge Mann desinfizierte danach einen kleinen Löffel im Feuer, ließ ihn abkühlen und strich dann behutsam die Kleepaste auf den verletzten Flügel. Jibby sog geräuschvoll die Luft ein und verzog dann schmerzhaft das Gesicht. »Tut es zu sehr weh?«, fragte Tom besorgt und hielt inne.

»Nein, es geht schon«, presste Jibby schwer atmend hervor. Auf seinen fragenden Blick hin nickte die Elfe bestätigend.

So verteilte Tom weiter behutsam die Paste auf dem Riss von Jibbys Flügel. Die Elfe wimmerte kurz und die Tränen in ihrem verzerrten Gesicht machten klar, wie schmerzhaft die Behandlung tatsächlich für sie war. Doch Jibby biss die Zähne zusammen und ertrug die Schmerzen tapfer, bis Tom die gesamte Paste aufgetragen hatte. Der junge Mann streichelte danach über ihren Kopf, worauf die Elfe ihm einen dankbaren Blick zuwarf. »Einen Moment, ich reinige nur geschwind die Schüssel, dann bin ich wieder bei dir«, versicherte Tom und erhob sich. Jibby nickte mit Tränen in den Augen. Kurze Zeit später war Tom zurückgekehrt und setzte sich neben die Elfe. »Wie geht es dir?«, fragte er besorgt.

»Die Schmerzen ... lassen allmählich nach«, antwortete Jibby keuchend.

Tom schenkte ihr einen mitleidigen Blick. »Kann ich irgendetwas für dich tun?«, fragte er ratlos.

Jibby schüttelte den Kopf, warf ihm dabei aber einen dankbaren Blick zu, worauf Tom ihr nochmals übers Haar streichelte. So blieb der junge Mann etwas hilflos neben ihr sitzen, bis sich Jibbys Atem langsam beruhigte und die Tränen aus ihren Augen wichen. Inzwischen war es später Nachmittag geworden und das Holz fast heruntergebrannt. So sammelte Tom nochmals Holz und einige Früchte für den Abend, während sich die Elfe von der Behandlung erholte.

»Kannst du aufstehen?«, fragte Tom später besorgt.

Jibby schüttelte den Kopf. »Ich muss still liegen bleiben, sonst verheilt der Flügel nicht richtig.«

Tom nickte verstehend. »Möchtest du noch etwas essen?«, fragte der junge Mann unsicher.

»Gerne«, bestätigte Jibby.

Tom war froh, dass sie wenigstens Appetit hatte, so reichte er der Elfe einige Früchte, die sie etwas umständlich im Liegen aß, während der junge Mann auch seinen Hunger stillte. Mittlerweile hatte es zu dämmern begonnen. So löschte Tom bald das Feuer, legte sich neben die Elfe und bedeckte beide behutsam mit der Schlafsack-Decke, um Jibby nicht erneut Schmerzen zu verursachen. Dann schmiegte er sich an sie und streichelte Jibby sanft, die ihm darauf einen dankbaren Blick schenkte. Kurze Zeit später war die erschöpfte Elfe eingeschlafen, während Tom noch seinen Gedanken nachhing. Wie viel sich doch in den letzten Tagen für sie beide verändert hatte! Der junge Mann war sich sicher, mit Jibby sein Glück gefunden zu haben, und freute sich sehr darüber bei ihr bleiben zu können. Dadurch würde er dem Vermieter der Ferienwohnung, welche er zuvor bezogen hatte, zwar einige Probleme verursachen, wenn er nicht mehr zurückkehrte, doch daran konnte er nichts ändern. Irgendwann würde man ihn eben für verschollen erklären und das entsprach ja durchaus der Wahrheit. Tom wollte auf jeden Fall sein weiteres Leben mit Jibby teilen und sie glücklich machen. Zuhause wartete sowieso niemand auf ihn. Hier konnte er wenigstens sein Leben endlich so gestalten, wie er es sich schon immer wünschte, und er hatte die liebe Partnerin gefunden, die er bereits so lange suchte, auch wenn sie kein Mensch war. Mit diesen Gedanken schlief auch er schließlich befriedigt ein.

Schlimme Erinnerungen

Am nächsten Morgen erwachte Jibby schon kurz nach Tom. Der junge Mann untersuchte ihren behandelten Flügel und stellte beeindruckt fest, dass er vollständig verheilt war. Um den ehemaligen Riss war das Gewebe sogar etwas verstärkt, so dass der Flügel hier nicht mehr einreißen konnte. Jibby wollte am liebsten gleich einen Probeflug machen, doch sie ließ sich von Tom noch zu einem Frühstück überreden, damit ihr beim Fliegen nicht vor Hunger schwindlig wurde. Jibbys Ungeduld entsprechend fiel die Mahlzeit jedoch nur kurz aus, dann stellte sich die Elfe etwas abseits von Tom auf, klappte ihre Flügel aus und bewegte sie vorsichtig immer schneller. Ein überraschend leises Summen ertönte, dann hob die Elfe ein kurzes Stück vom Boden ab. Mutig geworden stieg Jibby höher und ging anschließend in einen langsamen Horizontalflug über. In ihrer Begeisterung flog sie schließlich immer schneller hin und her, stieg noch höher und machte zu guter Letzt vor lauter Übermut einen Purzelbaum in der Luft, bei dem sie allerdings kurz die Kontrolle verlor und einige Meter fiel, bis sie sich kurz vor dem Boden wieder fing. Tom verdrehte nur die Augen und schüttelte den Kopf, während Jibby weiter durch die Luft sauste. Schließlich landete sie knapp vor ihm, sprang auf ihn zu und fiel ihm begeistert um den Hals.

»Acht Tom, das ist so toll! Endlich kann ich wieder fliegen!«

Tom drückte sie kurz erfreut an sich, dann wurde sein Gesicht ernst, worauf Jibby ein wenig kleiner wurde. »Gerade wärst du aber fast abgestürzt«, sagte er dann mit mildem Tadel.

»Da habe ich mich wohl etwas überschätzt«, gab Jibby verlegen zu.

»Hmmm«, summte Tom ahnungsvoll und mit strengem Blick. »Versprich mir wenigstens zukünftig vorsichtiger zu sein. Deine Verletzungen sind gerade verheilt, und ich will dich nicht schon wieder gesund pflegen!«

»In Ordnung, ich versprech's«, versicherte Jibby kleinlaut, worauf Toms Blick sich aufhellte.

»Kleiner Sturzflieger!«, nannte er sie darauf scherzhaft und verstrubbelte ihr lächelnd die Haare.

Jibby sah ihn kurz verlegen an, begann dann aber auch wieder zu lächeln. »Obwohl der Flug nur kurz war, hat er mich diesmal angestrengt«, gab die Elfe schließlich zu.

»Kein Wunder, du bist ja seit einiger Zeit nicht mehr geflogen. Da muss sich dein Körper erst wieder daran gewöhnen«, meinte Tom. »Du solltest jeden Tag eine Weile fliegen, dann bist du bald wieder fit und kannst auch längere Strecken zurücklegen.«

»Das wäre wohl das Beste«, erklärte sich Jibby einverstanden.

»Wie sieht's aus, bist du noch kräftig genug, um ein Stück weit zu laufen, oder sollen wir heute lieber hierbleiben?«

»Kein Problem!«, versicherte Jibby.

»Gut, dann ruh' dich noch etwas aus, bis ich alles zusammengepackt habe.«

Jibby nickte und lehnte sich kurz gegen einen Baum, während Tom ihren Abmarsch vorbereitete. Dann half er ihr in die Schuhe und sie wanderten los. Das Wetter war angenehm und sie kamen gut voran. Am frühen Nachmittag liefen sie an einem imposanten Baumstumpf vorbei, der innen hohl war. Tom betrachtete ihn beeindruckt und wollte Jibby zu sich rufen, doch die Elfe blieb verängstigt auf Abstand. Tom kannte Jibby inzwischen gut genug, um zu erkennen, dass mit dem Anblick wieder eine ihrer unangenehmen Erinnerungen zutage kam. Er setzte sich mit ihr auf einen umgefallenen Baum, dann begann die Elfe zu erzählen.

»Als Kind bin ich mit anderen Elfen im Wald gewesen. Dabei haben sie mich in solch einen großen, hohlen Baumstumpf geworfen. Weil ich zu klein war und die Innenwand zu glatt, bin ich nicht mehr herausgekommen. Die anderen Elfen sind lachend davongelaufen und haben mich alleine zurückgelassen. Ich habe stundenlang versucht herauszuklettern, bin aber immer wieder abgerutscht. Meine Flügel konnte ich nicht ausbreiten, dafür war der Stamm zu schmal. So saß ich darin fest. Aus Gemeinheit haben mir die anderen Elfen zuvor noch erzählt, dass ich hier drin sicher von den Tieren gefressen werde. Als ich dann die verschiedenen Geräusche hörte, hab ich immer mehr Angst bekommen, hab mich ganz klein gemacht und gehofft, dass mir nichts passiert. Doch bin ich bei jedem Laut zusammengezuckt, und wurde fast verrückt vor Angst!« Ihre Stimme brach kurz und Jibby begann zu weinen. Tom nahm sie in den Arm und drückte sie an sich. Dann erzählte sie weiter. »Als es dann dunkel wurde, saß ich nur noch zitternd da und hab' gehofft, dass ich wenigstens schnell sterbe. Die beginnende Dämmerung machte alles noch unheimlicher und ich war schon halb wahnsinnig vor Angst, als ich plötzlich jemanden rufen hörte. Zuerst hielt ich es nur für eine Einbildung durch meine schreckliche Angst, doch die Stimme kam näher. Schließlich erkannte ich, dass es mein Ziehvater war, der nach mir rief. Ich sprang auf und rief so laut ich konnte nach ihm. Endlich hat er mich dann gefunden und herausgezogen. Doch, anstatt mich zu trösten, hat er gesagt, ich wäre ein Taugenichts, würde nur Ärger machen und er hätte mich am liebsten in dem Baumstamm verrecken lassen!« Wieder brach Jibbys Stimme und sie weinte leise.

Tom war absolut schockiert über das grausame Verhalten ihres Ziehvaters, doch es kam noch schlimmer!

»Dann hat er mich verprügelt!«, presste Jibby unter Tränen hervor.

»Was! Er hat dich geschlagen?«, rief Tom entsetzt.

»Und wie!«, schluchzte Jibby und weinte noch heftiger.

Tom war fassungslos! »Du konntest doch Garnichts dafür!«

»Das war ihm völlig egal!«, presste Jibby hervor und weinte dann längere Zeit in seinem Arm, bis sie sich wieder etwas gefasst hatte. »Was dann kam, war noch grässlicher! Er hat tagelang nicht mit mir geredet und mich wegen jeder Kleinigkeit geprügelt. Selbst meine

Ziehmutter hat er geschlagen! Ich bekam so viel Angst vor ihm, dass ich mich oft kaum noch nach Hause traute. Als er eines Tages wieder auf meine Ziehmutter losging, versengte sie ihm in Notwehr mit einem Zauber die Hände, so dass er sie nicht mehr schlagen konnte. Dann zeigte sie ihn endlich beim Elfenrat an. Der verurteilte ihn dazu alleine am Rand der Siedlung zu leben. Er durfte sich nur noch in den äußersten Bereichen aufhalten. Ich habe gehofft, dass nun alles besser würde, doch meine Ziehmutter versank darauf in Selbstmitleid und beschuldigte mich oft, an ihrem Leid schuld zu sein, obwohl das überhaupt nicht stimmte. Sie hat mich immer mehr vernachlässigt und sich kaum noch um mich gekümmert. An manchen Tagen bekam ich nicht einmal etwas zu essen. Erst als Vori'Tah ihr ordentlich den Kopf wusch, wurde sie allmählich wieder vernünftig, doch seither war ihr Verhältnis zu mir angespannt, was mir viel Angst machte. Dies dauerte an, bis zu dem Tag, als die Elfen mich alleine zurückließen.« Jibbys Blick war traurig und verzweifelt in die Ferne gerichtet. Dann hob sie den Kopf, während sich ihre Augen erneut mit Tränen füllten. »Oh Tom, das war alles so furchtbar...«, flüsterte sie heiser, dann brach ihre Stimme und sie begann abermals leise zu weinen.

Tom war bis ins Mark erschüttert und konnte nicht fassen, was ihr Zieheltern der Elfe angetan hatten! Ihm blieb nur noch Jibby zu halten, zu streicheln und ihr die nötige Nähe und Geborgenheit zu geben, die sie nun brauchte. Jibby weinte lange in seinem Arm, als sich der Schmerz Luft machte und aus ihr herausbrach. »So etwas werde ich nicht zulassen! Niemand darf dir mehr wehtun, solange ich an deiner Seite bin!«, versprach Tom.

Jibby schmiegte sich dankbar an ihn, bis ihre Tränen allmählich versiegten.

Tom wusste, dass sie in diesem Zustand nicht weiter gehen konnte und schlug vor hier die Nacht zu verbringen, worüber Jibby sehr dankbar war. Nachdem sich die Elfe wieder beruhigt hatte, suchten sie gemeinsam nach Holz und etwas zum Essen. Dann kochten sie sich einen leckeren Eintopf. Am Abend saßen beide noch am Feuer und hingen ihren Gedanken nach. »Es tut mir so leid, was man dir alles angetan hat. Ich hoffe, du kommst eines Tages über all das hinweg und bist glücklich«, sagte Tom bewegt.

»Das bin ich jetzt schon, solange ich nur bei dir sein kann«, versicherte Jibby und schenkte Tom ein dankbares Lächeln. Dann gab sie ihm einen scheuen Kuss auf die Wange, worauf der junge Mann sie an sich drückte. Dann wurde Jibby verlegen. »Tom ... würdest du ... bitte ... heute noch einmal ... mit mir schlafen?« Dabei sah sie ihn fast flehend an.

Tom war überrascht, willigte aber gerne ein. Kurze Zeit später löschte er das Feuer und ließ sich anschließend von Jibby aus der Kleidung helfen. Etwas verlegen zog sie dann auch ihr Kleid aus und schmiegte sich an Tom. Der junge Mann war diesmal besonders zärtlich zu ihr, was Jibby sehr selig machte. Wieder weinte die Elfe danach vor Glück, ließ sich jedoch nicht von ihren Gefühlen überwältigen. Sie genoss einfach die Liebe, Wärme, und Geborgenheit, die Tom ihr gab und fühlte sich so wohl wie nie zuvor. Die Liebenden vereinigten sich in dieser Nacht noch mehrmals, weshalb es für beide zur schönsten Zeit ihres bisherigen Lebens wurde.

Endlich am Ziel

Am nächsten Tag erwachten beide spät, frühstückten kurz und Jibby machte darauf erneut einen Rundflug, auf den sie sich schon gefreut hatte. Diesmal war sie bereits in der Lage etwas länger in der Luft zu bleiben. Während Jibby unterwegs war, dachte Tom nochmals über den gestrigen Tag nach. Er konnte es kaum fassen, was Jibby alles angetan wurde. Da erinnerte sich der junge Mann wieder an den ersten Tag ihrer Begegnung, als Jibby versehentlich die große Stichflamme erzeugte und danach völlig verängstigt war, ja sogar befürchtete, von ihm geschlagen zu werden! Angesichts dessen, was ihr Ziehvater ihr angetan hatte, wurde Tom nun klar, warum sie damals so reagierte. Zum wiederholten Male war er vom grausamen Gebaren des Elfs erschüttert. Deswegen war Jibbys Verhalten so sehr von Angst geprägt und es grenzte an ein Wunder, dass sie daran nicht schon längst zerbrochen war. In diesem Moment wurde Tom auch klar, dass sie gestern nicht gesagt hatte, sie wolle nochmals mit ihm schlafen, sondern sie hatte ihn darum gebeten, ja geradezu angefleht! Das machte Tom klar, wie gering ihr Selbstwertgefühl immer noch war, wenn sie sich nicht einmal traute, einen Wunsch zu äußern! Die Elfe war also weiterhin sehr eingeschüchtert und ängstlich. Es würde viel Zeit, Geduld, Zuneigung und Verständnis nötig sein, um ihre Selbstachtung deutlich zu steigern. Ihr Bedürfnis nach Liebe, Halt und menschlicher Wärme war nach allem, was sie erleiden musste, sehr, sehr groß! Tom hoffte, dass er in der Lage war, ihr diese große Liebe zu geben. Wie es schien, hatte er sie bis jetzt wohl noch nicht enttäuscht, und Tom wollte ihr auch zukünftig nicht wehtun oder sie enttäuschen. Er hoffte sehr, dass ihm dies auch gelang. Während er noch vor sich hin grübelte, hörte er plötzlich das Summen von Jibbys Flügeln. Kurze Zeit später landete sie vor ihm. »Du bist aber schnell zurückgekommen«, meinte Tom überrascht.

»Weil ich die Siedlung der Elfen gefunden habe!«, antwortete Jibby gut gelaunt. »Genau in der Richtung, in die wir immer gelaufen sind. Wahrscheinlich können wir sie bis zur Mittagszeit erreichen.«

»Dann sind wir ja nicht mehr weit davon entfernt«, bestätigte Tom. Jibby nickte fröhlich. »Komm, lass uns schnell zusammenpacken und aufbrechen. Ich kann es kaum erwarten dorthin zu gelangen.«

»In Ordnung«, antwortete Tom amüsiert und kam ihrem Wunsch nach. Kurze Zeit später waren sie schon auf dem Weg zu der Elfen- siedlung. Jibby war regelrecht euphorisch und freute sich auf das Zusammentreffen mit den Elfen, während Tom nur vorsichtig optimistisch war. Schließlich konnte es durchaus sein, dass sie einem Menschen eher mit Misstrauen begegneten. Deshalb blieb Tom skeptisch. Es würde sich ja bald zeigen, wie die Sippe auf ihn reagierte. Tatsächlich erreichten sie bereits zur Mittagszeit die Siedlung, in der rege Betriebsamkeit herrschte. Überall flogen Elfen herum. Eine der Elfen bemerkte die beiden Wanderer und landete direkt vor ihnen.

»Seid gegrüßt! Mein Name ist Nobur, kann ich euch behilflich sein?« Der Elf legte kurz die rechte Hand auf die Brust und deutete eine Verbeugung an.

Jibby tat es ihm gleich, dann zeigte sie auf den jungen Mann. »Sein Name ist Tom, und ich bin Jibby. Könntest du uns bitte zum Obersten bringen?«

»Gerne«, versicherte Nobur und bat sie ihm zu folgen. Er hatte gleich bemerkt, dass Tom ein Mensch war und nicht fliegen konnte, weshalb er die beiden Wanderer zu Fuß geleitete. »Seid ihr schon lange unterwegs?«

»Seit etwa zehn Tagen«, antwortete Tom freundlich.

»Dann habt ihr bereits eine weite Strecke zurückgelegt«, bemerkte Nobur beeindruckt.

Tom war fasziniert von den vielen Elfen, die nun auch allmählich auf ihn und Jibby aufmerksam wurden und die beiden neugierig musterten, während sie über die Besucher hinweg flogen. Nach kurzer Zeit hatten sie das Baumheim des Obersten erreicht und Nobur bat sie um Geduld. Dann hob er ab und meldete die beiden Besucher an. Wenig später kehrte er mit einem etwas älteren Elf zurück.

»Seid gegrüßt, Jibby und Tom«, sagte der ältere Elf freundlich, legte auch kurz die rechte Hand auf die Brust und deutete eine Verbeugung an. »Mein Name ist Genjo Maran, Oberster der Elfen.«

Jibby und Tom gaben den Gruß mit der gleichen Bewegung zurück. »Sei gegrüßt, Genjo Maran«, antwortete Jibby dann höflich.

»Bitte folgt mir ins Versammlungsheim«, bat der Oberste und ging voraus. Dann erstieg er eine Leiter an einem der nächstliegenden Bäume, während Nobur den Weg fliegend zurücklegte. Kurze Zeit später fanden sich Jibby, Tom, Nobur und Genjo Maran auf einer Plattform in der Krone des Baumes wieder, an die sich eine Art Baumhaus anschloss. Der Oberste öffnete die Tür und bat die beiden Wanderer einzutreten, während Nobur draußen auf der Plattform blieb. Der Raum war erstaunlich geräumig und hell. In seinem Zentrum stand ein großer hölzerner Tisch, der von zahlreichen Stühlen umstellt war. Genjo Maran bat Jibby und Tom platzzunehmen, während er ihnen jeweils einen Becher mit Fruchtsaft servierte. Dann setzte sich der Oberste gegenüber an den Tisch und fragte freundlich, was er für die beiden tun könne.

Jibby kam gleich zur Sache, erzählte, was ihr zugestoßen war und wie sie Tom kennengelernt hatte. Dann bat sie um Asyl für sie beide.

Genjo Maran hatte aufmerksam zugehört und man sah es ihm an, dass ihn Jibbys Erzählung beträchtlich aufwühlte. »Dir scheint wirklich Schlimmes widerfahren zu sein!« Er machte eine Pause und rang nach Worten. »Du hast deine Erlebnisse so eindringlich geschildert, dass ich dir nur glauben kann. Andererseits ist das Verhalten deiner Sippe so abwegig und ungewöhnlich, wie ich es noch nie erfahren habe, denn wir Elfen sind gutmütig, friedvoll und hilfsbereit, doch niemals gemein, grausam und gewalttätig. Bitte versteh mich nicht falsch. Ich bezichtige dich nicht der Lüge und ich sehe es dir an, dass du das Geschilderte auch erlebt hast. Trotzdem möchte ich dich bitten, mir deinen Geist zu öffnen. Ich weiß, dass es eigentlich unhöflich ist und sich nicht gehört, dies zu verlangen, doch ich muss an die Sicherheit meines Volkes denken. Deshalb bitte ich dich um Nachsicht für diesen Schritt. Es steht dir natürlich frei, dies abzulehnen.«

»Ich habe nichts anderes erwartet und vollstes Verständnis für deine Besorgnis«, erwiderte Jibby freundlich. »Darum bin ich bereit, dir meinen Geist zu öffnen.« Jibby bemerkte aus dem Augenwinkel Toms fragendes Gesicht und wandte sich ihm zu. »Keine Sorge, ich lasse ihn nur an meinen Erinnerungen teilhaben. Das ist so üblich unter Elfen. Dadurch kann er erkennen, dass ich die Wahrheit spreche, denn unsere Gedanken können nicht lügen. Mir kann dabei nichts passieren und Genjo Maran kann mir auch keinen Schaden zufügen«, erklärte sie beruhigend.

Tom nickte ein wenig unsicher. »Dann darf er auch gerne meine Gedanken lesen, wenn ihr mir sagt, was ich dafür tun muss.«

Jibby schenkte ihm einen dankbaren Blick und wandte sich dann Genjo Maran wieder zu. »Wir sind bereit.«

»Habt dank für euer Verständnis. Dann werde ich mit dir beginnen.« Er wandte sich Jibby zu.

Die Elfe nickte kurz, schloss die Augen und entspannte sich, ebenso wie Genjo Maran. Dann drang er behutsam in ihre Erinnerungen vor. Man sah es seinem Gesicht an, dass vieles, was er wahrnahm, ihn sichtlich berührte oder gar schockierte. Kurze Zeit später beendete der Oberste den Vorgang und beide öffneten wieder die Augen. Genjo Maran stieß geräuschvoll die Luft aus.

»Was ich in der wenigen Zeit gesehen habe bestätigt, was du erzählt hast. Es tut mir sehr leid, was dir angetan wurde und ich schäme mich für das Verhalten deiner Sippe, denn es widerspricht sämtlichen Grundsätzen der Elfen!«, sagte Genjo Maran bewegt.

Jibby bedachte ihn mit einem dankbaren Blick und wurde kurz verlegen.

Der Oberste wandte sich nun Tom zu. »Öffnest du mir nun bitte deinen Geist?«

Tom sah ihn unsicher an und nickte dann zögernd.

»Darf ich ihm behilflich sein, denn er kennt diesen Vorgang noch nicht?«, bat Jibby, worauf Genjo Maran zustimmte. Sie wandte sich Tom zu. »Schließ einfach die Augen und entspanne dich. Wenn du einen fremden Geist in deinem eigenen spürst, dann wehr dich nicht dagegen, sondern lass ihn gewähren. Dir wird dabei kein Leid geschehen«, versprach sie dem jungen Mann.

Tom nickte zögernd und versuchte sich zu entspannen. Tatsächlich spürte er gleich darauf den behutsamen geistigen Zugriff von Genjo Maran, doch da war auch noch Jibbys vertraute Seele, die ihn beruhigte und leitete, bis der Vorgang nach kurzer Zeit endete.

Eure Erzählung entspricht der Wahrheit, deswegen gewähre ich euch Asyl in unserer Gemeinschaft. Seid willkommen und fühlt euch wohl! Wir nehmen euch gerne bei uns auf.« Er wandte sich Jibby zu. »Für dich hoffe ich ganz besonders, dass du hier ein glückliches und friedliches neues Zuhause findest.« Er stand auf, kam zu ihnen herüber und nahm Jibby und Tom kurz in den Arm.

»Vielen Dank!«, sagte Jibby gerührt und auch Tom war erleichtert, so einfach und unkompliziert Aufnahme gefunden zu haben.

»Darf ich noch eine Bitte äußern?«, fragte Jibby vorsichtig.

»Jederzeit!«, antwortete der Oberste freundlich.

»Würdet ihr mich noch in der Magie und für das Fliegen weiter ausbilden, denn da mangelt es mir noch an Können?«, bat Jibby.

»Gerne!«, sagte Genjo Maran. »Wegen des Flugunterrichtes kannst du gleich Nobur fragen. Er ist unser Fluglehrer. Zum erlernen der Magie wendest du dich am besten an Karam'Gor, unseren Schamanen.«

»Vielen Dank!«, rief Jibby begeistert und wäre dem Obersten am liebsten um den Hals gefallen. Stattdessen wandte sie sich Tom zu und drückte ihm erfreut die Hand.

Der Oberste führte Jibby und Tom auf die Plattform hinaus und übergab sie in die Obhut von Nobur. »Er wird euch alles Nötige zeigen und erklären, bis euer Baumheim bereit ist.«

Jibby und Tom bedankten sich nochmals herzlich bei dem Obersten, dann folgten sie Nobur. Der stieg diesmal auf der Leiter zum Boden herab.

Unten angekommen wandte sich Jibby an den Fluglehrer. »Würdest du mir bitte Unterricht im Fliegen erteilen? Das kann ich noch nicht so gut.«

Nobur sah sie verwundert an. »Wurdest du denn nicht schon vollständig ausgebildet?«

Jibby schüttelte den Kopf. »Bei meiner bisherigen Sippe haben sie mir gerade das Nötigste beigebracht, damit ich mich halbwegs in der Luft halten kann. Vor einigen Tagen bin ich sogar in einen Baum gestürzt und habe mir einen Flügel eingerissen. Tom hat mich gerettet und meinen Flügel mit Schillerklee wieder geheilt. Ich bräuchte einfach noch mehr Training, um so gut zu fliegen, wie die anderen Elfen.«

»Verstehe«, antwortete Nobur ein wenig irritiert. »Dann komm morgen zur Mittagszeit zum Trainingsplatz. Den findest du am Rand der Siedlung in Richtung der untergehenden Sonne. Dort werde ich dann prüfen, was du schon kannst und welches Training du noch benötigst.«

»Danke, das ist sehr freundlich von dir!«, meinte Jibby begeistert. »Würdest du mir bitte zeigen, wo ich Karam'Gor finde, euren Schamanen? Ich brauche nämlich auch noch etwas Training für das Ausüben von Magie.«

»Kein Problem, der wohnt und arbeitet nicht weit von hier.« Nobur änderte kurz die Richtung und führte Tom und Jibby zur

Unterrichtsstätte des Schamanen. Dann bat er Tom kurz zu warten, flog mit Jibby hoch zu dem Baumheim und stellte sie dem Magier vor.

»Sei gegrüßt, Jibby. Was kann ich für dich tun?«, fragte der Schamane freundlich.

Jibby erschrak beim Anblick des hünenhaften Elfs, der sie um mehr als eine Kopflänge überragte und sie unangenehm an ihren Ziehvater erinnerte. »Ich habe noch Probleme ... beim Ausüben von Magie ... und bin manchmal ... noch ungeschickt im Umgang damit. Kannst du mich bitte ... unterrichten? Meine bisherige Ausbildung ist ... nur sehr oberflächlich«, erklärte sie zaghaft.

Karam'Gor sah sie prüfend an, worauf Jibby unbewusst den Kopf einzog und den Magier furchtsam ansah. »Es ist ungewöhnlich, dass du so schlecht ausgebildet bist, doch wird dies sicher seine Gründe haben. Zur Zeit lehre ich nur am Nachmittag eine Gruppe Jungelfen die Magie. Du kannst mich also jederzeit vormittags aufsuchen, dann werde ich deine Ausbildung vollenden. Ist das für dich in Ordnung?«

Jibby nickte unsicher.

»Was ist denn los, Mädchen, hast du etwa Angst vor mir?«, fragte der Magier besorgt und beugte sich ein Stück zu ihr herunter, worauf Jibby unbewusst einen Schritt rückwärts machte. »Keine Sorge, weder ich noch sonst ein Elf wird dir etwas zuleide tun. Ich bin vielleicht ein wenig zu groß geraten, doch deshalb musst du dich nicht vor mir fürchten.«

Jibby stand steif da und blickte kurz hilfesuchend zu Nobur, der die ganze Szene verwundert betrachtete. Jetzt wünschte sie sich Tom in ihrer Nähe zu haben. Er hätte ihr sicher etwas Mut und Stärke gegeben, doch nun wusste sie nicht, was sie tun sollte.

»Oje, dich hat man wohl nicht gut behandelt«, bemerkte Karam'Gor mitfühlend und streckte eine Hand aus, worauf Jibby zuerst ängstlich zurückwich, bis sie zögernd zuließ, dass er sanft über ihren Kopf streichelte. Endlich entspannte sich die Elfe ein wenig. Dann legte der Schamane seine Hände auf ihre Schultern und beugte sich etwas herab. »Keine Angst! Du hast nichts zu befürchten. Niemand wird dir hier wehtun oder grob zu dir sein. Schon gar nicht dieser große, dicke Elf, der da gerade vor dir steht«, sagte der Magier und zwinkerte ihr scherzhaft zu, worauf sich Jibby weiter entspannte und sogar ein Lächeln zustande brachte. »Na sowas, so ein nettes Lächeln aus so einem hübschen Gesicht habe ich schon lange nicht mehr gesehen«, bemerkte der Magier schmunzelnd, worauf Jibby kurz verlegen den Blick senkte. »Na also, so ist das doch viel besser«, meinte Karam'Gor und streichelte über Jibbys Wange. »Komm einfach zu mir, wenn du Hilfe benötigst«, sprach dann der Magier in väterlichem Ton.

»Danke«, antwortete Jibby leise und immer noch ein wenig verlegen, während Karam'Gor ihr ein warmherziges Lächeln schenkte.

»Nun muss ich mich aber wieder um meine anderen Schüler kümmern, sonst verwandeln die das Baumheim noch in einen Wasserfall!«, bemerkte der Magier schmunzelnd und schlug die Hände in komischer Verzweiflung über dem Kopf zusammen, was Jibby ein kurzes Kichern entlockte. Dann nickte der Schamane seinen Besuchern zum Abschied noch kurz zu und wandte sich zum Gehen, während Nobur Jibby wieder hinausführte.

»Ist alles in Ordnung?«, fragte der Fluglehrer besorgt.

»Danke, mir geht es gut«, versicherte Jibby.

»Du warst plötzlich so furchtsam. Was hat dich denn verängstigt?«, fragte Nobur verwirrt.

»Karam'Gor hat mich zuerst an einen sehr unfreundlichen Elf aus meiner Kindheit erinnert«, antwortete Jibby ein wenig verlegen.

Nobur bemerkte, dass Jibby das Thema unangenehm war, und nickte nur verstehend. Anscheinend hatte sie wohl schlechte Erfahrungen mit diesem Elf gemacht. Doch die Höflichkeit verbot es, das Thema weiter zu vertiefen. »Das tut mir leid! Dennoch ist es so, wie der Schamane sagte. Du hast hier von niemandem etwas zu befürchten. Keiner der Elfen aus dieser Sippe wird dir je etwas zuleide tun oder dich schlecht behandeln, dessen kannst du dir sicher sein!«, versprach der Fluglehrer.

»Das wäre wirklich sehr schön«, antwortete Jibby hoffnungsvoll und schenkte Nobur ein dankbares Lächeln.

Die Antwort der Elfe verunsicherte den Fluglehrer, doch er ließ sich nichts anmerken und forderte sie mit einer freundlichen Geste auf, ihm zu folgen. Dann geleitete er Jibby zurück zu Tom, der auf dem Waldboden schon besorgt wartete.

»Bitte verzeih, dass es etwas länger gedauert hat. Wir mussten erst noch auf Karam'Gor warten, da er gerade eine Gruppe junger Elfen unterrichtete«, stand Nobur nun Jibby bei.

Die Elfe lief erfreut auf Tom zu. »Er will mich auch weiter unterrichten, bis ich vollständig ausgebildet bin!«

»Das ist ja toll, freut mich für dich!«, antwortete Tom und drückte Jibby kurz liebevoll an sich. Dabei sandte sie Nobur einen kurzen, dankbaren Blick zu, den dieser mit einem kaum merklichen Nicken beantwortete.

Dann kommt mal weiter, damit ich euch noch mehr von der Siedlung zeigen kann«, sagte Nobur freundlich und forderte sie mit einem Wink auf ihm zu folgen. Darauf sah er verwundert auf Jibbys Schuhwerk. »Darf ich fragen, was du da an den Füßen trägst?«

»Das sind Schuhe«, erklärte die Elfe nicht ohne Stolz. »Nachdem mein Flügel eingerissen war, konnte ich mehrere Tage lang nicht mehr fliegen. Deshalb hat Tom mir diese Schuhe gemacht, um meine Füße beim Gehen zu schützen. Das hat mir sehr geholfen und das Laufen vereinfacht.«

»Das ist ja wirklich praktisch!«, gestand Nobur beeindruckt und dachte kurz nach. »So etwas könnten wir vielleicht auch brauchen, vor allem, wenn es regnet. Dann würden unsere Füße auch nicht so schmutzig werden.«

»Gute Idee!«, bestätigte Jibby.

»Wärst du bereit, diese Schuhe unserem Näher zu zeigen? Vielleicht kann er dann etwas Ähnliches für uns herstellen«, bemerkte Nobur.

»Gerne!«, versicherte Jibby.

»Gut! Dann führe ich euch am besten zu Kemor, dem Näher. Dort könnt ihr auch gleich neue Kleidung für euch herstellen lassen«, schlug Nobur vor.

»Einverstanden!«, antwortete Tom, während Jibby nickte.

So erreichten die drei kurze Zeit später die Werkstätte des Nähers. Tom war beeindruckt von der Qualität und der Vielfalt der Kleidung, welche Kemor herstellte. Die übliche Garderobe der männlichen Elfen war eine Tunika mit knielangen Hosen, während die weiblichen Elfen meist Kleider mit einem mehr oder weniger langen Rock trugen. Die Farben und die Musterung der Kleidung waren vielfältig, so dass jeder Elf das Richtige für sich fand. Jibby suchte sich begeistert mehrere Kleider aus. Dann nahm Kemor kurz Maß bei ihr, um die Kleidung entsprechend anzupassen. Da Tom etwas größer und kräftiger als die meisten Elfen war, bat der Näher ihn, zu einem späteren Zeitpunkt wiederzukommen, damit er genau Maß nehmen und der junge Mann in Ruhe die passenden Stoffe aussuchen konnte. Dann würde Kemor ihm die Kleidung seinen Wünschen gemäß anfertigen. Darauf zeigte Jibby dem Näher ihre Schuhe, welche dieser beeindruckt von allen Seiten betrachtete.

»Könntest du auch solche Schuhe herstellen?«, fragte Nobur freundlich. »Die wären vor allem bei Regen sehr nützlich. Dazu sollten sie aber möglichst wasserdicht sein.«

»Das müsste machbar sein. Ich werde mich in den nächsten Tagen umsehen, um das richtige Material dafür zu finden. Dann habe ich sicher auch bald eine Idee, wie ich diese Schuhe zusammensetze. Dabei kann ich mich ja an Jibbys Schuhen orientieren.« Er wandte sich der Elfe zu. »Würdest du bitte deine Schuhe für ein paar Tage hier lassen? Das würde mir die Herstellung erleichtern.«

»Gerne!«, versicherte Jibby.

»Das wäre vor allem für mich sehr hilfreich, da ich nicht fliegen kann und ständig auf Schuhe angewiesen bin«, bemerkte Tom.

»Dann mache ich doch gleich einen Abdruck, damit ich die Größe deiner Schuhe kenne«, meinte Kemor kurz entschlossen und holte sich ein großes, getrocknetes Blatt. »Stell da bitte einen deiner Schuhe drauf«, bat er Tom, der dem Wunsch gerne nachkam. Dann ritzte der Näher die Umrisse seiner Sohle auf dem Blatt ein. »Wie ich sehe, habt ihr Menschen für jeden Fuß einen speziell dafür geformten Schuh.«

»Das ist richtig, aber so genau musst du es nicht herstellen. In früherer Zeit hatten wir keine getrennten Schuhe für jeden Fuß. Damit sind die Menschen auch viele Jahrhunderte zurecht gekommen«, erklärte Tom.

»Das macht es mir etwas leichter«, sagte Kemor erleichtert und wandte sich dann Jibby zu. »Deine Kleidung mache ich baldmöglichst fertig.« Dann sah er Tom an. »Du kommst bitte später wegen deiner Kleidung zu mir«, worauf Tom nickte. »Um die Schuhe werde ich mich in den nächsten Tagen kümmern«, versprach Kemor fröhlich. Scheinbar bereiteten ihm neue Herausforderungen großes Vergnügen.

»Gut, dann bis bald, und vielen Dank!«, rief Tom ihm noch zu, als sie sich zum Gehen wendeten.

Auch Jibby bedankte sich begeistert bei dem Näher. So schöne Kleider hatte sie bisher noch nicht besessen.

»Gern geschehen!«, rief ihnen Kemor noch nach und machte sich dann sofort an die Arbeit.

Darauf führte Nobur seine beiden Gäste noch zu mehreren Baumheimen, wo sie Metallgegenstände, Tongefäße, Lampenöl und weitere Dinge für das tägliche Leben besorgen konnten. Wenig später landete ein Wächter neben dem Fluglehrer und teilte ihm mit, dass Toms und Jibbys Baumheim nun bezugsfertig war. Nach einer kurzen Lagebeschreibung grüßte der Wächter respektvoll und flog davon, während Nobur seine Gäste nun zu dem genannten Baumheim geleitete. Es lag in den Randgebieten der Siedlung, so dass es noch ein längerer Fußmarsch wurde, bis Tom und Jibby ihr neues Zuhause erreichten. »So, dies ist euer Heim. Ich hoffe, ihr fühlt euch hier wohl. Seid uns herzlich willkommen und habt eine glückliche Zeit. Falls ihr Hilfe oder einen Rat braucht, dann fragt eure Nachbarn oder wendet euch an Genjo Maran und Genji Tebbi. Weiterhin alles Gute!«, wünschte Nobur seinen Gästen und verabschiedete sich mit einer leichten Verbeugung.

»Vielen Dank für die Hilfe und die herzliche Aufnahme«, sagte Jibby erfreut und verbeugte sich ebenfalls.

Tom tat es ihr nach. »Danke! Das werde ich euch nicht vergessen!«

»Gern geschehen!«, rief Nobur bevor er abflog und ihnen noch kurz zuwinkte.

So betraten Tom und Jibby erstmals ihr neues Zuhause. Kaum hatte der junge Mann die Tür geschlossen, fiel ihm Jibby überglücklich um den Hals. »Endlich habe ich ein Heim, in dem ich gut behandelt werde und nicht nur Abschaum bin!«, sagte sie leise und mit Freudentränen.

Tom nahm sie überrascht in die Arme und drückte sie an sich.

»Danke«, flüsterte Jibby unter Tränen. »Danke, dass du mich hierher geleitet hast.« Sie schmiegte sich an ihn, während Tom sie sanft streichelte. Dann hob sie den Kopf und sah Tom kurz unsicher an. »Willst du hier wirklich mit mir zusammenleben?«

»Natürlich will ich das!«, bestätigte Tom mit Nachdruck und gab ihr einen Kuss.

»Oh Tom, ich kann es noch gar nicht glauben, dass alles so gekommen ist! Das macht mich so glücklich...« Ihre Stimme brach und sie weinte leise vor Glück, während Tom die Elfe weiter in seinen starken Armen hielt und sie sanft streichelte.

»Im Moment kommt mir das alles auch wie ein schöner Traum vor, aber es ist real!«, gab Tom zu. »Keine Sorge, ich werde nicht zulassen, dass man dich noch einmal so schlecht behandelt, wie in deiner früheren Sippe. Ich werde gut auf dich aufpassen und versuchen, dir das Leben hier so angenehm wie möglich zu machen!«

»Danke!«, flüsterte Jibby nochmals unter Tränen und gab ihm ebenfalls einen Kuss. »Auch ich werde versuchen, dir eine gute Partnerin zu sein!«

So standen sie noch längere Zeit eng aneinandergeschmiegt beisammen und genossen die gegenseitige Nähe. Weitere Worte waren nicht nötig, da beide einfach nur glücklich waren einander zu haben und sich nahe zu sein. Schließlich löste Jibby ihre Umarmung und schenkte Tom ein seliges Lächeln. Er streichelte über ihre Wange und gab ihr einen zärtlichen Stups auf die Nase. »Nun muss ich dich um Hilfe bitten, denn ich habe keine Ahnung von der Lebensweise der Elfen. Da kennst du dich sicher viel besser aus und kannst mir manches erklären. Hoffentlich stelle ich mich dabei nicht zu dumm an.« Er machte ein übertrieben ahnungsloses Gesicht, was Jibby ein kurzes Kichern entlockte.

»Keine Sorge, ich werde dir gerne alles erklären, was dir noch fremd ist. Du wirst dich bestimmt schnell eingewöhnen.« Sie sah sich rasch um. »Dieses Baumheim ähnelt dem, das ich einst mit meinen Zieheltern bewohnte.«

»Hoffentlich weckt das nicht unangenehme Erinnerungen in dir«, sagte Tom besorgt.

»Nein, so meinte ich das nicht«, antwortete Jibby gerührt. »Nur die verwendeten Gegenstände und die Funktionalität sind größtenteils gleich, nicht aber das Aussehen.«

»Ach so, dann bin ich ja beruhigt«, sagte Tom erleichtert und blickte sich in dem geräumigen Baumheim um. Tatsächlich war es gemütlich und funktional eingerichtet, wie Tom durch Jibbys Erklärungen erfuhr. Die Fenster, deren Glas aus einem transparenten, durchgehärteten Harz bestanden, ließen sich einfach öffnen und schließen und waren von außen mit Klappläden verschließbar. Die hölzernen Möbel waren zwar einfach, jedoch stabil. Es gab eine Art Waschbecken, das sogar mit fließendem Kaltwasser ausgestattet war! Ein großer Tank über dem Baumheim, welcher von den Elfen regelmäßig befüllt wurde, versorgte das Heim mit Wasser. Es gab eine geräumige Kochstelle und sogar eine Art Plumpsklo war vorhanden. Besteck und Geschirr gab es ebenfalls in ausreichender Menge! Der Schlafbereich konnte durch einen Vorhang vom restlichen Heim abgetrennt werden. Die Elfen hatten auch einen kleinen Vorrat an Nahrungsmitteln bereitgestellt, so dass Tom und Jibby nicht gleich in den Wald mussten, um sich damit zu versorgen. Dazu gab es Lampenöl für die zahlreichen Laternen und viele weitere nützliche Utensilien. Tom war überrascht und beeindruckt von der Funktionalität und Ausstattung des Baumheimes. Hier ließ es sich wirklich angenehm leben. Direkt vor dem überdachten Eingang des Heimes lag eine kleine Plattform, damit die Elfen mühelos landen konnten. Dort war auch eine Art Leiter befestigt, die es Tom ermöglichte, bequem auf und ab zu steigen. Jedes Baumheim hatte so eine Leiter, welche die Elfen bei Regen benutzten, da sie dann nicht fliegen konnten. An die Plattform schloss sich ein Steg an, der rund um das Baumheim führte. Die gesamte Konstruktion war auf Funktionalität mit einfachsten Mitteln ausgerichtet.

»So, nun habe ich dir gezeigt, was du wissen musst«, meinte Jibby gut gelaunt.

»Das ist beeindruckend!«, gab Tom zu. »Ihr habt wirklich an alles gedacht, was notwendig ist.«

»Wir Elfen sind eben schlauer, als du glaubst«, antwortete Jibby und zwinkerte vergnügt.

»Stimmt!«, bestätigte Tom schmunzelnd.

Die Elfe blickte kurz hoch zum Himmel, um den Sonnenstand zu prüfen. »Sollen wir nochmals zum Näher gehen? Es dauert noch eine Weile, bis der Tag zu Ende geht. Dann kann er sich gleich um deine Kleidung kümmern.«

»Das ist eine gute Idee«, gab Tom zurück. Kurze Zeit später verließen sie ihr Baumheim. Neben dessen Eingang fielen Tom zwei Glocken unterschiedlicher Größe auf. »Wozu sind die denn?«, wollte er von Jibby wissen.

»Oh, bitte verzeih, die habe ich glatt vergessen zu erwähnen. Die große Glocke darfst du nur im Notfall läuten, wenn Gefahr droht, zum Beispiel durch ein Feuer. Die kleine Glocke kannst du benutzen, wenn du Hilfe oder Begleitung durch die Wächter benötigst. Vor allem die älteren Elfen nützen diese Hilfe, weil sie oft nicht mehr so gut fliegen können. Dann werden sie von einem Wächter begleitet, bis sie ihr Ziel erreicht haben.« Jibby begann zu schmunzeln. »Manche jungen Elfenmädchen nutzen sie auch, wenn sie sich in einen der Wächter verliebt haben«, gab sie kichernd zu.

»Aha!«, meinte Tom amüsiert und stemmte in gespielter Empörung die Arme in die Seiten, was Jibby zum Lachen brachte. Während er die Leiter herunter stieg, ließ sich die Elfe mit Hilfe ihrer Flügel herabgleiten und wartete am Waldboden auf Tom. Dann gingen sie gemeinsam zur Werkstatt des Nähers.

»Kemor hat wirklich sehr schöne Stoffe«, erinnerte sich Jibby erfreut.

»Oh ja, da ist er durchaus sehr kreativ«, bestätigte Tom.

»Ich hoffe, ich war nicht zu gierig, als ich mir gleich mehrere Kleider ausgesucht habe«, sagte die Elfe ein wenig verlegen.

»Aber nein! Du benötigst doch Kleidung zum Wechseln«, beruhigte sie der junge Mann. Dann begann er zu grinsen. »Sonst musst du wieder meine Regenjacke anziehen, wenn dein Kleid schmutzig ist.«

Jibby verdrehte die Augen. »Oh nein! Die kann ich doch nie richtig schließen!«

»Warum? Geht doch ganz einfach«, bemerkte Tom so lapidar wie möglich.

»Ja, für dich vielleicht!«, schimpfte Jibby halbernst.

»Außerdem fand ich, dass sie dir gut steht«, zog Tom sie weiter auf.

Jibby blieb stehen und stemmte empört die Arme in die Seiten. »Das glaubst auch nur du!«, maulte sie.

»Den anderen Elfen würdest du sicher auch darin gefallen«, meinte Tom schmunzelnd.

Die Elfe verzog das Gesicht. »Von wegen! Die ist doch viel zu groß und unförmig!«

»Nö, die steht dir gut!«, antwortete Tom grinsend.

»Gar nicht wahr!«, schimpfte Jibby lautstark.

»Doch!«, meinte Tom überzeugend.

»Nein!«, widersprach Jibby energisch.

»Doch! Ganz bestimmt!«, versicherte Tom.

Jibby wurde es allmählich zu viel. Tatsächlich fühlte sie sich von Toms Impertinenz sogar etwas gekränkt, spürte jedoch gleichzeitig, dass sein Verhalten nicht boshaft war, was sie zunehmend verwirrte. »Hör endlich auf, mich mit dieser Regenjacke zu ärgern!«, rief sie schließlich ein wenig verzweifelt.

»Du siehst aber süß aus, wenn du dich ärgerst«, konterte Tom amüsiert. Jibby riss nun endgültig der Geduldsfaden, doch bevor sie etwas erwidern konnte, nahm Tom sie lachend in den Arm und drückte ihr einen Kuss auf den Mund. Sie sträubte sich kurz, ergab sich dann aber in ihr Schicksal und ließ sich von ihm küssen. So viel Zärtlichkeit konnte nicht böse gemeint sein! Als sich ihre Lippen trennten, bedachte sie ihn mit einem strafenden Blick.

»Das war unfair!«, schimpfte sie halbernst, worauf Tom nur amüsiert zwinkerte. »Du ... frecher Mensch!«, brummte sie schließlich in gespieltem Ärger, wonach Tom sie gleich noch einmal küsste. In diesem Moment hörten beide ein leises Kichern. Als sie sich umsahen, bemerkten sie zwei kleine Elfenmädchen, die sie heimlich von einem Baum aus beobachtet hatten und nun lachend davonflogen. »Ich befürchte, man hat uns erwischt!«, meinte Tom schmunzelnd.

»Dann sollten wir lieber weiter gehen, bevor wir noch mehr Aufmerksamkeit auf uns ziehen«, schlug Jibby etwas verlegen vor. So machten sie sich wieder auf den Weg zum Näher.

»In Ordnung, ich geb's zu, die Regenjacke kleidet dich nicht besonders«, sagte Tom zu Jibbys Befriedigung.

Die Elfe bedachte ihn mit einem verdrossenen Seitenblick. »Zum Glück muss ich sie ja nun nicht mehr tragen.« Sie ging kurz schweigend neben Tom her, während ihr Blick in die Ferne schweifte. »Bei meiner früheren Sippe hatte ich nur zwei Kleider. Mehr durfte ich nicht besitzen, das haben meine Zieheltern verboten.«

Tom sah sie verwundert an. »Warum denn?«

»Wenn mein Kleid verschmutzt oder eingerissen war, musste ich es weiter tragen, damit alle sahen, wie dumm und tollpatschig ich war«, erklärte Jibby traurig.

»Was!«, rief Tom, der nicht glauben konnte, was er da hörte.

»Das zweite Kleid durfte ich nur dann tragen, wenn das erste gewaschen oder geflickt wurde, was jedoch nur selten passierte. Dann musste ich allerdings sehr gut aufpassen, damit ich dieses Kleid nicht auch noch verschmutzte oder beschädigte. Manches Mal ist es mir nicht gelungen, denn bei der Hausarbeit wird man eben auch schmutzig, oder einige Kinder haben mich absichtlich mit Dreck beworfen.« Sie zögerte kurz und ihre Augen weiteten sich angstvoll. »Zur Strafe musste ich mich vor meinem Vater auf den Boden legen. Er hat sich dann über mich gekniet und mein nacktes Hinterteil mit einem dünnen, elastischen Ast verhauen. Das hat so entsetzlich weh getan...« Ihre Stimme war zu einem Flüstern geworden und drohte zu brechen. »Ich habe ihn angefleht, endlich aufzuhören, doch er hat mich immer weiter geschlagen...« Jibby war stehen geblieben und legte nun die Hände vors Gesicht. Dann begann sie leise zu weinen.

Tom nahm sie erschüttert in die Arme und streichelte sie sanft. »Du meine Güte, was waren denn das für furchtbare Eltern!«, flüsterte Tom entsetzt, während er die weinende Elfe liebkoste. Glücklicherweise standen sie unter einem unbewohnten Baum, dessen Krone sie vor neugierigen Blicken der fliegenden Elfen schützte. So hielt Tom seine schluchzende Partnerin im Arm und versuchte ihr den nötigen Halt zu geben, den sie gerade so dringend brauchte. Wieder brachen der ganze Schmerz, die Angst und die Einsamkeit aus ihr heraus und entluden sich in einem Weinkrampf. Tom war fassungslos über die Grausamkeit und Brutalität von Jibbys Zieheltern und so langsam wurde ihm bewusst, dass die Elfe wohl noch viel mehr ertragen hatte, als sie bisher preisgab. Mit Sicherheit würden zukünftig noch mehrere dieser erschreckenden Erlebnisberichte folgen. Für den jungen Mann waren sie jedes Mal ein großer Schock, den auch er zuerst verdauen musste, und es grenzte für ihn an ein Wunder, dass seine sensible Partnerin all dies überstanden hatte, ohne wahnsinnig zu werden. Wenigstens hatte er es bisher geschafft, ihr die nötige Liebe und Geborgenheit zu geben, die sie so lange vermisst hatte, und er hoffte, dass ihm dies auch weiterhin gelang. So hielt er Jibby fest in seinen Armen und streichelte sie zärtlich. Auch diesmal dauerte es längere Zeit, bis ihre Tränen endlich versiegten und sie sich gefasst hatte. »Geht's wieder?«, fragte Tom besorgt.

Jibby nickte zögernd. »Tut mir leid, ich wollte dich nicht erschrecken«, sagte die Elfe mit rauer Stimme.

»Kein Grund sich zu entschuldigen!, beruhigte sie der junge Mann. »Außerdem hast du mich nicht erschreckt, sondern das Verhalten deiner furchtbaren Eltern. Wie konnten sie nur so gemein und grausam sein? Das werde ich wohl nie verstehen!«

»Sie haben mich wohl einfach nicht gewollt, oder ich war ihnen einfach nur lästig«, vermutete Jibby.

»Das ist doch kein Grund ein Kind so schrecklich zu behandeln!«, widersprach Tom mühsam beherrscht.

»Da hast du sicher recht, aber sie haben es doch getan. Den Grund dafür werde ich wohl nie erfahren«, antwortete Jibby traurig.

»Ist vielleicht auch besser so«, bemerkte Tom resigniert. »Komm, lass uns zurück zum Baumheim gehen. Dort kannst du dich erholen und ein wenig erfrischen.«

Jibby war einverstanden und wieder einmal froh über Toms Geduld und Verständnis. Auch wenn er sie zuvor noch geärgert hatte, was bestimmt nicht böse gemeint war, so konnte sie sich doch keinen besseren Partner an ihrer Seite vorstellen. Die Magie hatte ihr den richtigen Gefährten geschickt, dessen war sie sich absolut sicher. Seine Frotzeleien gehörten wohl einfach dazu. Bedingt durch ihre Vergangenheit und die ständigen Erniedrigungen, die sie in dieser Zeit erfahren hatte, reagierte sie darauf noch etwas zu sensibel. Nun gut, allmählich würde sie lernen, damit besser umzugehen. Da der soziale Umgang in ihrer bisherigen Sippe größtenteils von Bosheiten geprägt war, musste sie nun erst umlernen und sich in einer neuen Gesellschaft zurechtfinden, die viel mehr aus Freundlichkeit und Hilfsbereitschaft geformt war. Tom würde ihr da sicher hindurch helfen, auch wenn es vielleicht etwas länger dauerte, bis sie ihren Platz gefunden hatte. Als sie zu ihm hinüber sah, fing sie seinen besorgten Blick auf.

»Geht es dir soweit gut?«, fragte er vorsichtig.

Jetzt erst bemerkte Jibby, dass sie schweigend und in sich gekehrt neben ihm hergelaufen war. Also ließ sie ihn an ihren Gedanken teilhaben und erklärte ihm, was sie gerade beschäftigte, wofür der junge Mann sehr dankbar war. Konnte er sich so doch noch besser in sie hinein versetzen und sie mit der nötigen Umsicht behandeln. Auch Jibby verstand so sein Verhalten noch besser und erfuhr, dass sich menschliche Liebespaare gerne gegenseitig neckten, dies jedoch nur ein liebenswertes Spiel unter den Partnern war. So nahm sie sich vor, dieses Benehmen zukünftig von der humorvollen Seite zu betrachten, anstatt sich deswegen gekränkt oder erniedrigt zu fühlen.

Wenig später hatten sie wieder ihr Baumheim erreicht und Tom wollte schon die Leiter hinaufsteigen, als er von Jibby daran gehindert wurde.

»Bitte warte hier, ich will nur kurz mein Gesicht waschen, dann können wir zu Kemor gehen«, bat Jibby.

»Ist dir das nicht zu viel?«, fragte Tom vorsichtig.

Jibby schüttelte den Kopf. »Ich brauche noch etwas Ablenkung nach dieser Erinnerung.«

»In Ordnung«, meinte Tom verständnisvoll, worauf sich Jibby mit einem Kuss bedankte und dann zum Heim hochflog, während sich Tom gegen die Leiter lehnte. Kurze Zeit später kehrte sie zurück und die beiden machten sich erneut auf den Weg zum Näher.

»Du hast mir noch gar nichts von deinen Eltern erzählt«, meinte Jibby an Tom gewandt.

Tom nickte. »Da gibt es eigentlich nicht viel zu erzählen. Meine Mutter war Näherin und mein Vater arbeitete in einer Metall verarbeitenden Fabrik.«

»Was ist eine Fabrik?«, fragte Jibby.

»Das ist ein Ort bei den Menschen, wo meist irgendetwas hergestellt wird. Die Firma, in der mein Vater arbeitete, hat Metall geschmolzen und und daraus verschiedene Produkte entwickelt«, versuchte Tom zu erklären.

»So, wie unser Schmied?«, fragte Jibby neugierig.

»Ja, so in etwa. Euer Schmied macht jedoch vom Schmelzen bis zur Fertigstellung seiner Produkte alles selbst. In unseren Fabriken sind die Arbeiten unter zahlreichen Mitarbeitern aufgeteilt. Einige schmelzen das Metall, andere gießen es in Form, wieder andere schleifen und polieren die gegossenen Formen, und so weiter.«

»Verstehe!«, meinte Jibby. »Dann arbeiten in dieser Fabrik mehrere Menschen zusammen, um etwas herzustellen.«

»Genau so ist es!«, bestätigte Tom.

»Wie viele Menschen arbeiten denn in so einer Fabrik?«, wollte Jibby wissen.

»Es gibt kleine Fabriken, wo nur einige wenige Menschen arbeiten. Es gibt aber auch sehr große Fabriken mit mehreren tausend Mitarbeitern.«

»Was, so viele?«, fragte Jibby ungläubig.

»Oh ja!«, bestätigte Tom. »Es gibt sehr viele Menschen und die brauchen nun einmal viele Dinge, die in diesen Fabriken hergestellt werden.«

»Tatsächlich?«, fragte Jibby ein wenig verwirrt. »Wir Elfen sind auch zahlreich, aber wir benötigen nicht viel zum Leben. Bei uns gibt es keine Fabrik, sondern jeder tut das, was er am besten kann und hilft so der Gemeinschaft.«

»Das liegt daran, dass ihr mit der Natur lebt. Das tun die Menschen schon seit langer Zeit nicht mehr«, antwortete Tom nach kurzem Überlegen. Er geriet allmählich in Erklärungsnot. Wie sollte er Jibby nur die komplizierte Gesellschaft und Lebensweise der Menschen beibringen?

»Ihr lebt nicht mit der Natur? Wie konntet ihr denn so lange überleben?«, fragte Jibby ungläubig.

Tom dachte kurz nach, doch alles, was er zu sagen wusste, würde die Elfe nur noch mehr verwirren und weitere Fragen aufwerfen. »Darüber muss ich erst noch einmal nachdenken, denn das zu erklären ist ziemlich kompliziert. Darf ich die Frage zu einem späteren Zeitpunkt beantworten?«

Jibby sah ihn verwundert an, doch sie erkannte rasch, dass seine Bemerkung tatsächlich ernst gemeint war. »Wenn es dir so schwerfällt, meine Frage zu beantworten, kannst du das natürlich auch später tun. Ich verstehe nur nicht, warum dir die Antwort so viel Mühe bereitet.

»Die Menschen benehmen sich in den seltensten Fällen vernünftig. Selbst mir ist es oft kaum möglich, ihr Verhalten nachzuvollziehen, deshalb fällt es mir auch so schwer ihr Handeln zu erklären, denn es ist größtenteils von Habsucht, Gier und Neid geprägt. Eigenschaften, die mir selbst zuwider sind, weshalb ich meine Mitmenschen oft kaum verstehen kann«, erklärte Tom bitter. »Außerdem besitzen sie die äußerst unangenehm Gewohnheit immer alles furchtbar kompliziert zu machen!«

»Du magst die Menschen wohl nicht besonders, obwohl du ihrer Rasse angehörst«, bemerkte Jibby erschrocken.

Tom nickte verlegen. »Ja, das ist leider so.«

»Du hast mir ja schon erzählt, dass du mit deiner Liebe zur Natur auf wenig Verständnis bei deinen Eltern und Freunden gestoßen bist, doch wenn du so eine Abneigung gegen die Menschen hast, musst du auch bereits einige unangenehme Erfahrungen mit ihnen gemacht haben, genauso wie ich, bei meiner früheren Sippe«, sagte Jibby und warf Tom dabei einen bedauernden Blick zu.

»Da hast du durchaus recht«, bestätigte Tom mit gesenktem Blick. »Nur habe ich es auf eine andere Art als du erlebt.«

»Willst du darüber reden?«, fragte Jibby freundlich.

Tom zögerte kurz und schüttelte dann den Kopf. »Ein andermal, sonst laufen wir noch bis morgen früh hier herum. Außerdem möchte ich mich jetzt lieber auf meine neue Kleidung freuen, anstatt mich über unangenehme Erlebnisse zu ärgern. Ich verspreche dir, dass ich das alles noch erklären werde. Gib mir bitte nur ein wenig Zeit, es in die richtigen Worte zu fassen.«

»Das ist in Ordnung. Nimm dir so viel Zeit wie du dafür brauchst«, sagte Jibby verständnisvoll.

Tom nahm sie in den Arm und streichelte sie zärtlich. »Danke!« Dann gab er ihr einen Kuss.

Jibby schenkte ihm einen liebevollen Blick und schmiegte sich an ihn, während beide Arm in Arm auf Kemors Werkstatt zuliefen. Kurze Zeit später betraten sie die Näherei.

»Ah, da seid ihr ja wieder!«, rief Kemor erfreut. »Soll ich gleich Maß bei dir nehmen, Tom?«

»Gerne!«, erwiderte der junge Mann.

»Darf ich mich ein wenig umsehen?«, fragte Jibby höflich.

»Sicher!«, antwortete Kemor und zog ein Maßband hervor. Während er Tom vermaß, sah sich Jibby begeistert all die schönen Kleider an, die der Näher als Muster ausgestellt hatte.

»So, das hätten wir. Nun musst du mir nur noch sagen, welche Stoffe dir gefallen, dann werde ich dir innerhalb weniger Tage deine Kleidung fertigstellen«, sagte Kemor zu Tom und deutete auf einen Tisch im Hintergrund. »Dort findest du die Stoffmuster, welche ich zur Zeit herstelle.«

Tom ging zu dem Tisch und sah sich die Muster an. Nach kurzer Zeit hatte er einige favorisiert und zeigte sie dem Näher.

»Gut, dann werde ich dir deine Kleidung nach diesen Mustern anfertigen. Da fällt mir ein, du hast ja keine Flügel. Soll ich die Rückenabdeckung dann ringsum vernähen?«, fragte Kemor freundlich.

»Wie machst du es denn sonst?«, wollte Tom wissen.

Der Näher zeigte ihm ein fertiges Oberteil. Die Abdeckung für den Rücken war nur an der Oberkante mit der restlichen Kleidung vernäht und hing lose herunter. Die Unterkante konnte mit einem Knopf in der Mitte befestigt werden. »So können wir unsere Flügel problemlos gebrauchen, ohne dass uns die Kleidung behindert«, erklärte der Näher.

»Das kannst du bei mir genauso anfertigen«, meinte Tom, der dem Näher keine unnötige Arbeit machen wollte.

»In Ordnung. Vielleicht wachsen dir bei uns ja noch Flügel«, scherzte der Näher.

»Wer weiß...«, antwortete Tom schmunzelnd.

»Komm bitte in zwei Tagen wieder vorbei, dann habe ich ein erstes Muster zur Anprobe fertig«, sagte Kemor.

»Das mache ich«, versprach der junge Mann. »Vielen Dank für deine Hilfe. Ich freue mich schon auf die neue Kleidung.«

»Gern geschehen! Bis bald!«, verabschiedete Kemor seine beiden Kunden.

Jibby winkte ihm noch zu, ehe sie die Werkstatt verließen. »Er hat wirklich so schöne Kleider, dass ich am liebsten eines von jedem Muster hätte!«, sagte sie dann begeistert.

»Das ist wahr!«, bestätigte Tom. »Du kannst dir ja mit der Zeit noch mehr davon holen«, sagte er dann mit Verschwörermiene, was Jibby zum Lachen brachte. »Können wir noch zum Schmied gehen? Mein Rasierer wird allmählich stumpf. Vielleicht kann er mir ein Rasiermesser machen«, fragte Tom nach kurzer Pause.

»Was ist ein Rasierer?«, fragte Jibby.

»Dieses Teil, mit dem ich mir die Haare aus dem Gesicht schneide. Du hast es schon auf dem Weg hierher gesehen«, erklärte Tom.

»Ach so, das meinst du. Ja klar, wir können gerne noch zum Schmied gehen«, bestätigte Jibby. »Müssen sich eigentlich alle Menschen rasieren?«

»Nein, nur die Männer müssen das machen. Unseren Frauen wachsen keine Haare im Gesicht«, sagte Tom schmunzelnd. »Müssen sich die männlichen Elfen rasieren?«

»Ich glaube nicht. Zumindest habe ich es noch bei keinem männlichen Elf beobachtet«, meinte Jibby.

»Dann können sie sich glücklich schätzen, denn das ist ziemlich lästig«, bemerkte Tom.

»Was passiert denn, wenn ihr euch nicht die Haare im Gesicht schneidet? Wächst dann irgendwann euer ganzes Gesicht zu?«, fragte Jibby und kicherte amüsiert bei der Vorstellung.

»Nein, so schlimm ist es nicht«, antwortete der junge Mann lachend. »Nur die Wangen und die Region um den Mund sind dann von Haaren bedeckt. Wir nennen das einen Bart. Wenn man die Haare sehr lange Zeit nicht schneidet, wachsen sie irgendwann bis zum Boden. So ein Bart ist aber ziemlich lästig, denn man muss die langen Haare ständig in Form schneiden und sauber halten, sonst sieht das sehr ungepflegt aus. Das kostet ziemlich viel Zeit. Außerdem wirkt man mit einem Bart älter, als man ist. Deswegen rasieren sich die meisten Männer lieber täglich, damit kein Bart wächst.«

»Das erscheint sinnvoll«, bestätigte Jibby. In diesem Moment stieg ihnen der Geruch von Rauch in die Nase. Jibby deutete schräg nach vorne. »Dort ist die Schmiede.«

Kurze Zeit später hatten sie das Gebäude erreicht, welches aufgrund des Brandschutzes nicht als Baumheim, sonder direkt auf dem Waldboden am Rande der Siedlung erbaut war. Der große, äußerst kräftige Elf begrüßte sie lautstark. Wieder erschrak Jibby bei seinem Anblick, doch diesmal gab Toms Nähe ihr Sicherheit, so dass sie nicht gleich angsterfüllt zurückschreckte, wie sie es bei Karam'Gor getan hatte.

»Mein Name ist Jamus«, stellte sich der Schmied vor, »und wer seid ihr?«

Tom nannte ihm ihre Namen und erklärte dann, was er benötigte. Darauf zeigt ihnen der große Elf eine Sammlung von Messern, von denen jedoch keines Toms Vorstellungen entsprach. So zeichnete der junge Mann dem Schmied die gewünschte Form des Rasiermessers auf. Jamus nickte verstehen und versprach, das Messer in den nächsten Tagen zu liefern. Daneben gab es in der Schmiede noch zahlreiche andere Gegenstände zu sehen, deren Vielfalt Tom und Jibby bewunderten. Außer Gefäßen gab es verschiedenste Bestecke, Scheren, Laternen, Werkzeuge, aber auch Kunsthandwerk zu bestaunen. Dazu alles, was man in einem Elfenheim an Metallgegenständen benötigte. So sahen sich Tom und Jibby noch längere Zeit in der Schmiede um, bevor sie sich bei Einbruch der Dämmerung endlich auf den Heimweg machten.

»Wirklich beeindruckend, wie exakt und filigran manche seiner Werke sind«, meinte Tom fasziniert. »Das hätte ich diesem riesigen Elf nicht zugetraut.«

»Ich habe nicht gewusst, dass er sogar Schmuck herstellt«, ergänzte Jibby bewundernd.

»Warum hast du dir denn nicht etwas davon ausgesucht?«, fragte Tom verwundert.

»Ich muss zugeben, ich konnte mich gar nicht entscheiden, denn ich habe noch nie Schmuck besessen. Mein Ziehvater hat es mir nicht erlaubt, welchen zu besitzen. Vielleicht gehe ich in den nächsten Tagen nochmals zu Jamus und suche mir dann in Ruhe etwas aus, wenn dir das recht ist«, bemerkte Jibby.

»Aber sicher! Bei der Auswahl wirst du bestimmt etwas Schönes für dich finden«, bestätigte Tom und begann zu grinsen. »Dann stehst du demnächst also von oben bis unten mit Schmuck behängt vor mir.«

Jibby musste lachen. »So viel werde ich mir doch nicht aussuchen. Was du immer von mir denkst!«, antwortete sie schmunzelnd.

Tom zog sie zu sich her und drückte sie liebevoll an sich. »Ich denke, dass ich die liebste und hübscheste Elfe von allen an meiner Seite hab.«

Jibby senkte kurz verlegen den Blick und schmiegte sich dann lächelnd an ihn.

Als Tom sich umsah, bemerkte er, dass an zahlreichen Baumheimen bereits Laternen entzündet wurden. »Macht ihr das jeden Abend?«, fragte er.

»Ja, das dient der Sicherheit. Obwohl wir Elfen nachts recht gut sehen können, mögen wir die Dunkelheit nicht allzu sehr«, erklärte Jibby.

»Ihr könnt tatsächlich auch in der Nacht sehen?«, fragte Tom überrascht.

»Oh ja! Für uns beginnt dann die Umgebung in verschiedenen Farben zu leuchten. Die Pflanzen, die Steine, der Boden, eben alles in unsererem Umfeld hat seinen eigenen Schimmer«, beschrieb Jibby ihre Eindrücke.

»Das muss schön aussehen«, vermutete Tom.

»Tut es auch!«, bestätigte Jibby nachdrücklich. »Könnt ihr Menschen in der Nacht nicht gut sehen?«, fragte die Elfe erstaunt.

Tom schüttelte den Kopf. »Bei schwachem Dämmerlicht nehmen wir unsere Umgebung nur noch farblos wahr. Wenn es jedoch ganz dunkel ist, sehen wir überhaupt nichts mehr.

»Das ist aber schade«, meinte Jibby.

»Deshalb beleuchten auch wir unsere Siedlungen nachts, damit wir nicht blind durch die Gegend stolpern«, erwiderte Tom.

Inzwischen waren bei fast allen Baumheimen die Außenlaternen entzündet worden und verbreiteten ein angenehm warmes Licht, so dass Jibby und Tom problemlos ihren Heimweg fanden. Nach ihrer Ankunft in ihrem Baumheim entzündete Jibby dort die Laternen, welche auch den Innenraum angenehm ausleuchteten. Der junge Mann und die Elfe machten es sich gemütlich und verspeisten einen Teil der bereitgestellten Nahrung.

»Du hast mich vorhin gefragt, wie wir Menschen überleben konnten, ohne mit der Natur zu leben. Die Wahrheit ist, dass wir gerade dabei sind unsere Welt unwiederbringlich zu zerstören. Nur ganz wenige Menschen versuchen die komplexen Zusammenhänge in der Natur zu verstehen. Die meisten Menschen haben ein sehr eingeschränktes Weltbild und glauben, die Natur kontrollieren und in ihre vorgegebenen Bahnen lenken zu können, damit sie daraus ihre Vorteile ziehen. Verständlicherweise kann das nicht funktionieren, doch das wollen die meisten Menschen nicht einsehen, weil sie aus ihrer Arroganz heraus meinen alles steuern und beherrschen zu können. Durch ihre fehlende Einsicht und ihre Gier beuten sie unsere Welt immer mehr aus und nehmen weit mehr, als sie zurückgeben, wodurch die Natur allmählich zerstört wird. Damit verwüsten die Menschen ihre eigene Heimat und nehmen sogar ihren Kindern die Lebensgrundlage! Doch in ihrer Dummheit und ihrer unendlichen Gier nach Macht und Reichtum erkennen sie ihre Fehler nicht und machen immer weiter. In meiner Welt herrscht ein unfairer Tauschhandel. Überleben kann man nur durch den Besitz von Geld, wobei dieses Geld ein künstliches Produkt ist, welches die Menschen erschaffen haben. Stell dir einmal eine große Ebene mit ganz vielen Steinen vor, die einem bestimmten Mensch gehört. Nur wenn du einige von diesen Steinen besitzt, kannst du dir Kleidung und Essen besorgen. Doch du musst dir diese Steine erst durch harte Arbeit verdienen. So würde zum Beispiel Kemor, der Näher, Steine von deren Besitzer für die Herstellung von Kleidung bekommen. Diese Steine kann er dann beim Schmied gegen Metallwaren eintauschen, oder sich dafür etwas zu essen besorgen. Dieser Mensch, dem die Steine gehören, will aber möglichst viel eigene Steine besitzen, weshalb er Kemor weniger gibt, als ihm zusteht. Die Kleidung von Kemor wird von dem Mann mit den Steinen an andere weitergegeben, die wiederum Steine dafür an diesen Mann abgeben. Kemor bekommt davon aber nichts. Da der Mann mit den Steinen möglichst viel Kleidung weitergeben will, um möglichst viele Steine zu erhalten, lässt er mehrere Näher für sich arbeiten, die auch zu wenig Steine dafür bekommen. Diese Näher müssen viele Pflanzen aus dem Wald zu Stoff verarbeiten, wodurch mehr Pflanzen entfernt werden, als nachwachsen können. So wird der Wald allmählich zerstört. Doch das ist dem Mann mit den Steinen egal! So ist es mit vielen Dingen bei den Menschen. Auch streben zu viele von ihnen nach Macht, um möglichst viel zu besitzen, sind jedoch nicht bereit mit anderen Menschen zu teilen. Im Gegenteil! Sie gönnen den anderen Menschen nichts, wollen diese nur beherrschen und tyrannisieren. Dazu ist ihnen fast jedes Mittel recht. Bitte verzeih, falls das für dich jetzt alles ziemlich verwirrend klingt, aber unsere menschliche Gesellschaft ist ausgesprochen kompliziert, unfair und oft genug auch grausam. Weitere Details möchte ich dir lieber ersparen«, beendete Tom seine Erklärung.

Jibby blickte ihn nur noch mit großen Augen an, konnte nicht fassen, was ihr Partner da gerade über seine eigene Rasse erzählt hatte. Sie war hin und her gerissen, zwischen Unglaube und Entsetzen!

»Ich hoffe nur, dass du jetzt nicht auch noch Angst vor mir bekommst«, sagte Tom bitter.

Jibby sah ihn mitleidig an und umarmte ihn dann. »Nein, vor dir werde ich sicher nie Angst haben!«, versicherte sie mit liebevollem Blick. »Ich habe zwar nicht alles verstanden, was du gerade erzählt hast, doch es reicht, um zu verstehen, dass zu zukünftig lieber unter uns Elfen leben willst. Deine Beschreibung der Menschenwelt hat mich doch sehr erschreckt. Ich verstehe auch nicht, wie man sich so schrecklich und dumm verhalten und seine eigene Heimat allmählich zerstören kann. Doch wenn du es so schilderst, muss es so sein. Somit bin ich einfach nur froh, dass ich nicht in eurer Welt leben muss.«

Willst du trotzdem immer noch mit mir zusammenleben, nachdem du nun weißt, aus welcher Welt ich komme?«, fragte Tom unsicher.

»Aber ja! Du hast mit den Menschen aus deiner Welt nichts gemeinsam. Du warst immer gut, verständnisvoll und lieb zu mir. Natürlich will ich auch weiterhin mit dir zusammenleben. Da bin ich mir absolut sicher!«, sagte die Elfe gerührt und umarmte Tom liebevoll. »Keine Angst, ich bleibe auf jeden Fall bei dir!«

Tom drückte sie sanft an sich. »Danke«, flüsterte er den Tränen nahe und schmiegte sich an Jibby, die ihn zärtlich streichelte, bis er sich wieder gefangen hatte.

Schließlich waren beide müde von dem langen Tag und gingen zu Bett, doch Tom war von den Geschehnissen des Tages noch zu sehr gefangen und lag nachdenklich neben Jibby.

»Bedrückt dich noch etwas?«, fragte die Elfe besorgt.

Tom schüttelte den Kopf. »Mir ist nur klar geworden, dass du dich von nun an, wie alle Elfen, meist fliegend vorwärts bewegen wirst, was ich jedoch nicht kann. Wird dir das mit der Zeit nicht lästig werden, mich stets nur zu Fuß zu begleiten?«

»Nein, ganz bestimmt nicht!«, versicherte Jibby verständnisvoll. »Inzwischen genieße ich das Laufen sogar und kann auch gut mit dir mithalten. Mach dir keine Sorgen, das wird mir sicher nicht lästig werden.«

Tom schenkte der Elfe einen dankbaren Blick und streichelte über ihre Haare, während Jibby zärtlich sein Gesicht liebkoste. So lagen sie eng aneinandergeschmiegt beisammen und sprachen noch eine Weile über die Vorkommnisse des heutigen Tages, bis Jibby schließlich glücklich einschlief. Tom lagt noch eine Weile wach und konnte kaum fassen, was alles passiert war und wo sie sich nun befanden. Doch er war sehr froh, dass Jibby und er nun ein neues, gemeinsames und angenehmes Zuhause hatten, wo die gequälte Elfe endlich zu sich selbst finden und ihr Selbstwertgefühl deutlich steigern konnte. Es würde sich zeigen, wie die anderen Elfen sie beide behandelten, doch bisher waren alle freundlich und hilfsbereit zu ihnen. Tom hoffte, dass dies so blieb. Mit diesen Gedanken schlief auch er zufrieden ein.

Ein unangenehmes Wiedersehen

Als Tom am nächsten Morgen erwachte, wusste er zuerst nicht, wo er sich befand, bis ihm wieder einfiel, dass sie ja gestern ein Baumheim bei den Elfen bezogen hatten. Jibby lag wie üblich an ihn geschmiegt und schlief noch tief. Der junge Mann genoss die Situation und blieb liegen, bis auch Jibby erwachte.

»Guten Morgen! Hast du gut geschlafen?«, begrüßte Tom die Elfe.

»Danke, sehr gut!«, antwortete Jibby und streckte sich genüsslich. »Ach Tom, ich bin so froh, dass uns die Elfen bei sich aufgenommen haben!«, sagte sie fröhlich und umarmte den jungen Mann.

»Darüber bin ich auch sehr froh und hoffe, dass du dich hier wohl fühlst«, antwortete Tom und streichelte seine Partnerin.

»Oh ja, das tue ich!«, versicherte Jibby. »Ich möchte heute Mittag gerne Flugunterricht bei Nobur nehmen. Wäre dir das recht?«

»Ist in Ordnung«, bestätigte Tom. »Können wir zuvor noch in den Wald gehen und ein paar Essensvorräte besorgen?«

»Gerne«, antwortete Jibby, die Tom immer noch umarmte.

»Dann musst du mich aber loslassen, damit wir aufstehen können«, meinte Tom schmunzelnd.

»Tu' ich aber nicht!«, sagte Jibby und grinste ihn herausfordern an.

»Sooo«, sagte Tom in gespielter Empörung und begann ebenfalls zu grinsen. Dann krabbelte er mit seinen Fingern an den Seiten von Jibbys Oberkörper auf und ab.

Die Elfe begann zu kichern. »Hör auf, das kitzelt!«

»Das soll es ja auch«, entgegnete Tom schmunzelnd und bewegte seine Finger noch schneller.

Jibby umarmte ihn weiter und versuchte zu widerstehen, während sie zu strampeln begann. »Hör auf!«, rief sie lachend. Doch Tom dachte nicht daran und schüttelte nur grinsend den Kopf. Schließlich hielt es Jibby nicht mehr aus und ließ ihn los. Tom kitzelte sie noch kurz weiter, dann hörte er auf. »Das war gemein!«, schimpfte die Elfe in gespieltem Groll.

»Du siehst süß aus, wenn du dich ärgerst«, konterte Tom schmunzelnd.

»Gar nicht wahr!«, maulte Jibby scheinbar beleidigt.

»Doch!«, antwortete Tom zwinkernd und küsste sie.

»Frecher Mensch!«, brummte die Elfe amüsiert, worauf sie von Tom gleich noch einmal geküsst wurde.

»Jetzt aber raus aus dem Bett!«, sagte der junge Mann energisch.

Jibby legte sich hin und schüttelte schmunzelnd den Kopf.

Tom bedachte sie mit einem strafenden Blick, dann griff er unter die Decke und pikste seinen Zeigefinger in Jibbys Bauch. Die Elfe zuckte mit einem leisen Aufschrei zusammen und wich zurück, worauf Tom sie gleich noch einmal pikste.

»Schon gut, ich steh ja auf«, rief sie lachend und erhob sich.

Tom und Jibby erfrischten sich kurz und frühstückten dann gemeinsam. Danach machten sie sich fröhlich scherzend auf den Weg in den Wald, wo sie bald eine Lichtung erreichten. Dort landeten plötzlich zwei männliche Elfen in ihrer Nähe. Jibby erschrak bei ihrem Anblick, denn es waren Kano und Taraf, die beiden Brüder, welche einst mithalfen, sie in den Fluss zu werfen.

»Sieh mal an, die dumme, nichtsnutzige Elfe. Hast also tatsächlich überlebt! Wie schade, wir hatten schon gehofft, wir wären dich endlich los!«, höhnte Kano.

»Dann müssen wir doch gleich noch einmal ein bisschen nachhelfen«, sagte Taraf hämisch und schleuderte einen Kugelblitz direkt auf Jibby. Die Elfe sprang mit einem Aufschrei zur Seite und wich dem Geschoss im letzten Moment aus, stolperte dabei und wurde von Tom aufgefangen. Da warf Kano ebenfalls einen Kugelblitz in ihre Richtung, doch diesmal war Jibby vorbereitet und fing den Angriff mit einem gleichartigen Geschoss zielsicher ab. Jetzt machte sich Toms Wurftraining bezahlt.

»Oh, das kleine Miststück kann ja sogar werfen!«, höhnte Taraf.

Nun wurde es Tom allmählich zu viel und er schob sich schützend vor Jibby. »Hört damit auf, sie hat euch nichts getan!«

»Na sowas, will das kleine Bübchen sie beschützen, nein wie rührend!«, rief Kano hämisch.

»Halt dich gefälligst da raus, sonst erledigen wir dich auch noch, du Wicht!«, höhnte Taraf.

»Pass auf, die beiden sind ziemlich gemein und brutal!«, flüsterte Jibby Tom zu.

»Vielleicht sollten wir ihm auch gleich eine Lektion erteilen«, meinte Kano und blickte Taraf herausfordernd an, der fies zu grinsen begann und Kano zunickte. Dann schleuderten die Brüder einen Kugelblitz in Toms Richtung. Der junge Mann duckte sich weg und Jibby legte rasche einen magischen Schutzschirm um sie beide, woran die Geschosse abprallten.

»Schau dir die Feiglinge an! Los, denen zeigen wir's!«, rief Taraf und schleuderte diesmal einen Feuerball auf Tom und Jibby. Kano tat es ihm gleich, doch auch diese Geschosse prallten an Jibbys Schutzschirm ab. So warfen Kano und Taraf in immer schnellerer Folge Kugelblitze und Feuerbälle auf Tom und Jibby. Der Elfe schwanden schnell die Kräfte, denn der starke Schutzschirm entzog ihr viel Energie. Sie fühlte, dass sie den Zauber nur noch kurze Zeit aufrecht erhalten konnte. Tom sah, wie sich ihr Gesicht immer mehr vor Anstrengung verzerrte, konnte jedoch nichts anderes tun, als sie fest im Arm zu halten und zu hoffen, dass die beiden gemeinen Elfen ihre Attacke endlich einstellten.

»Bitte, hört doch auf!«, rief Jibby verzweifelt den Brüdern zu, doch die lachten sie nur aus und verstärken ihre Angriffe sogar. Letztlich hielt die Elfe den Schutzschirm nur noch mit der Kraft der Verzweiflung aufrecht. Sie klammerte sich fest an Tom, der sie so gut wie möglich stützte und keuchte schon vor Anstrengung, während ihr allmählich die Sinne schwanden. Schließlich war sie am Ende ihrer Kräfte und blickte Tom resigniert und mit Tränen in den Augen an, weil sie bereits ihr Ende kommen sah, als plötzlich mehrere Elfen der Luftpatrouille landeten und die Brüder mit einem raschen Zauber bewegungsunfähig machten. Jibby nahm die ganze Szene nur noch schemenhaft wahr, war aber überaus erleichtert über die Rettung im letzten Moment und konnte endlich den Schutzschirm auflösen. Sie war so erschöpft, dass sie nicht einmal in der Lage war aufzustehen. Die Patrouille nahm die bewegungslosen Brüder gefangen, dann wandte sich deren Anführer an Tom.

»Seid ihr verletzt, oder braucht ihr Hilfe?«, fragte der Wächter besorgt.

»Danke, uns geht es soweit gut. Meine Partnerin ist nur sehr erschöpft«, erklärte Tom. »Vielen Dank für eure Hilfe!«

»Dafür sind wir da«, bemerkte der Wächter und machte eine leichte Verbeugung zum Zeichen seines Respekts. In diesem Moment landeten noch mehr Elfen der Luftpatrouille und meldeten, dass sich keine weiteren Fremdlinge in der Umgebung aufhielten. Der Anführer bedankte sich für die Meldung und wandte sich dann wieder Tom zu. »Soll ich einige Wächter zu eurem Schutz zurücklassen?«

Tom sah Jibby fragend an. Sie schüttelte nur den Kopf. »Danke, das ist nicht nötig«, sagte er dann zu dem Elf.

Der Anführer nickte nur und machte noch eine kurze Verbeugung zum Abschied. Dann gab er das Kommando zum Abflug, worauf die Patrouille abhob und die Gefangenen zum Obersten transportierten.

Als sie wieder alleine waren, drückte Tom die Elfe liebevoll an sich und streichelte sie. »Vielen Dank, ohne deine Hilfe hätte ich diesen Angriff nicht überlebt.«

Jibby schmiegte sich zitternd an ihn, denn sie war nach der Attacke völlig verängstigt. Dann machte sich ihre Anspannung und die ausgestandene Furcht in einem Weinkrampf Luft. Die Elfe war total entsetzt, dass die gemeinen Brüder diesmal sogar sie beide umbringen wollten. Auch Tom war bestürzt über die Kaltblütigkeit der Brüder. Wahrscheinlich hatte Jibby unter ihnen noch viel mehr gelitten, als sie zugab. Wieder weinte sie lange in Toms Armen, während er sie hielt und zärtlich streichelte. »Ach Tom, werde ich denn niemals Ruhe vor meiner gemeinen Sippe haben?«, fragte sie verzweifelt.

»Jetzt, wo wir bei der neuen Elfensippe leben, lassen sie dich hoffentlich bald in Ruhe«, versuchte Tom sie zu trösten, doch es fiel ihm schwer, nach dieser Erfahrung daran zu glauben.

»Bitte Tom, bring mich zurück ins Baumheim, ich muss hier weg!«, sagte Jibby ängstlich.

»In Ordnung«, antwortete der junge Mann, erhob sich und trug die Elfe dann in ihr neues Heim, wo sie sich sicher fühlte. Nachdem sie wieder etwas zu Kräften gekommen war, klopfte es plötzlich an der Tür. Jibby zuckte zusammen und zog sich instinktiv zurück, während Tom vorsichtig die Tür öffnete. Draußen stand Genjo Maran und grüßte freundlich. Der junge Mann bat den Elf höflich einzutreten und Platz zu nehmen. Nun traute sich auch Jibby nach vorne und begrüßte ebenfalls den Obersten, der sie kurz umarmte.

»Es tut mir ausgesprochen leid, dass ihr von den beiden Elfen aus Jibbys früherer Sippe angegriffen wurdet. Ich bin selbst äußerst schockiert, denn so etwas ist unter Elfen noch nie vorgekommen!«, versicherte Genjo Maran. »Da sich die Brüder weigerten, sich dazu zu äußern, sah ich mich gezwungen, den Wahrheitszauber bei ihnen anzuwenden. Danach haben sie alles gestanden und auch noch einiges mehr erzählt, was sie und die restliche Sippe Jibby angetan haben!« Der Oberste war sichtlich erschüttert. »Ich bin immer noch fassungslos, über das, was ich da mit anhören musste und ich verspreche dir, Jibby, dass so etwas nie mehr passieren wird, dafür werde ich persönlich sorgen! Wir alle werden uns so gut wie möglich um dich kümmern und du hast von nun an auch nichts mehr zu befürchten, denn ich habe die Wachen deutlich verstärkt!

Kano und Taraf habe ich für mehrere Tage die Magie entzogen, und allen Mitgliedern ihrer Sippe verboten, sich unserer Siedlung zu nähern, ansonsten werden sie ohne Warnung gefangen genommen. Damit habe ich zwar meine Kompetenzen überschritten, denn eigentlich darf nur der Oberste ihrer Sippe sie bestrafen, doch die Tat war so ungeheuerlich, dass ich diesen grausamen Elfen einfach eine Lektion erteilen musste! Immerhin waren sie bereit euch zu töten, was für mich unfassbar ist! Diesbezüglich ist sicher noch nicht das letzte Wort gesprochen und es bedarf bestimmt noch weiterer Klärung über diesen Vorfall, doch das betrifft euch zunächst nicht mehr. Wie gesagt kann ich nur mein Bedauern, über all das, was dir, Jibby, widerfahren ist, ausdrücken, und dir versichern, dass du hier nun ein besseres, friedliches und hoffentlich glückliches Leben führen wirst. Dafür werden wir sorgen!« Dann stand der Oberste auf und umarmte Jibby noch einmal kräftig. »Hab keine Angst, du bist hier in Sicherheit!«, bekräftigte Genjo Maran nochmals.

Jibby bedankte sich gerührt für die Freundlichkeit und den Schutz, den die Elfen ihr gewährten. Auch Tom war dem Obersten für seine Hilfe dankbar. So verabschiedeten sie Genjo Maran bewegt, dann nahm der junge Mann Jibby in den Arm.

»Nun hast du von deiner boshaften Sippe erst einmal nichts mehr zu befürchten«, sagte Tom beruhigend.

»Hoffentlich!«, antwortete die Elfe und schmiegte sich an den jungen Mann. Dann sah sie Tom um Verständnis bittend an. »Heute möchte ich dann doch nicht mehr zu Nobur gehen, sondern lieber hierbleiben.«

»In Ordnung«, antwortete Tom und streichelte Jibby über den Kopf. Darauf begann er zu grinsen. »Um so besser, dann kann ich dich noch ein bisschen ärgern.

Die Elfe bedachte ihn mit einem strafenden Blick. »So war das eigentlich nicht gedacht!«

»Schade!«, meinte Tom und blickte scheinbar beleidigt drein, was Jibby ein Lächeln entlockte.

»Du frecher Mensch!«, brummte sie amüsiert und zog ihn an der Nase. »Hilf mir lieber beim Kochen.«

»Na gut«, gab der junge Mann nach und ging der Elfe zur Hand, während sie ein aufwendiges Gericht herstellte. Das lenkte sie ab und brachte sie auf andere Gedanken. Außerdem war es ihr Lieblingsessen, das sie nun auch Tom einmal servieren wollte. Der war davon begeistert und langte ordentlich zu, was Jibby sehr freute. Am frühen Abend klopften ihre Nachbarn an und luden sie zu einer komischen Theateraufführung ein, welche einige Elfen heute aufführten. Diese Abwechslung war den beiden willkommen, so nahmen sie die Einladung gerne an und verbrachten einen fröhlichen Abend mit den Elfen, an dem viel gelacht wurde. Nach ihrer Rückkehr ins Baumheim war Jibby schon viel ruhiger geworden. Trotzdem verfolgte sie der Überfall der gemeinen Brüder bis in den Schlaf und sie erwachte schreiend mitten in der Nacht aus einem Alptraum. Während Tom sie beruhigte, landeten kurze Zeit später mehrere Wächter vor ihrem Heim.

»Was ist los, braucht ihr Hilfe?«, rief einer der Wächter von außen.

»Alles in Ordnung, meine Partnerin hatte nur einen Alptraum«, antwortete Tom. »Danke für eure Aufmerksamkeit!«

»Gern geschehen!«, rief der Wächter, dann entfernten sie sich wieder.

»Genjo Maran hat Wort gehalten und die Wachen verstärkt«, sagte Tom, während er Jibby im Arm hielt. »Du hast also nichts zu befürchten.«

Die Elfe zitterte immer noch und beruhigte sich nur langsam, während der junge Mann sie sanft streichelte. »Tut mir leid, dass ich dich aufgeweckt habe, aber ich habe den Überfall gerade noch einmal im Traum erlebt!«, sagte Jibby ängstlich.

»Kein Grund sich zu entschuldigen. Das war auch eine furchtbare Erfahrung. Ich bin ja ebenso noch davon geschockt!«, besänftigte Tom.

Die Elfe schenkte ihm ein dankbares Lächeln und schmiegte sich an ihn.

»Es tut mir so leid, dass du so viel schlimme Erfahrungen machen musstest und ich hoffe, dass du hier endlich Frieden findest und wieder glücklich wirst«, sagte Tom.

»Ich bin glücklich, so lange du bei mir bist. Hoffentlich verlange ich nicht zu viel von dir«, antwortete Jibby besorgt.

»Ganz bestimmt nicht!«, versicherte Tom. »Du bist doch genau die Partnerin, die ich immer gesucht habe. Keine Sorge, ich habe mich nie wohler gefühlt, als direkt neben dir!« Dann gab er ihr einen Kuss, worauf sich ein Grinsen auf sein Gesicht stahl. »Und wenn du mich ärgerst, dann haue ich dir eins auf den Riecher.« Er machte eine Faust und gab ihr einen sanften Stups auf die Nase, was Jibby ein amüsiertes Lächeln entlockte. Dann gab sie ihm auch einen Kuss und kuschelte sich an ihn. Wieder fühlte sie in seinen starken Armen die Geborgenheit, die sie so lange vermisst hatte und genoss sie sehr. So wich auch allmählich ihre Angst und sie glitt endlich in einen ruhigen Schlaf.

Jibby, die Lehrerin

Als Jibby am nächsten Tag erwachte, lag Tom noch neben ihr.

»Guten Morgen«, begrüßte er sie und streichelte zärtlich ihre Wange. »Wie geht es dir?«

»Danke, schon besser«, antwortete Jibby gerührt. »Der fröhliche Abend gestern hat gutgetan. Deine Nähe und auch die Wachen, die nach meinem Alptraum erschienen, haben mir Sicherheit gegeben und mich beruhigt, so dass ich danach gut schlafen konnte.«

»Das freut mich!«, sagte Tom und drückte sie liebevoll an sich.

»Und wie hast du geschlafen?«, erkundigte sich Jibby.

»Recht unruhig, und ich hatte einige wirre Träume, aber das ist nach dem Vorfall gestern ja auch kein Wunder.«

Jibby nickte verstehend und kuschelte sich an ihn. So lagen sie noch eine Weile zusammen, genossen die gegenseitige Nähe und tauschten Zärtlichkeiten aus, bis sie der Hunger zum Aufstehen nötigte.

»Möchtest du heute zu Karam'Gor gehen und wegen des Magie-Unterrichts nachfragen? Dazu musst du die Siedlung nicht verlassen«, schlug Tom vor.

»Gute Idee! Der Unterricht wird mich ein wenig ablenken.«

»Dann werde ich dich dorthin begleiten und anschließend bei Genjo Maran nachfragen, wo ich mich nützlich machen kann. Danach gehe ich zurück ins Baumheim und schreibe dir auf, wo ich bin«, sagte Tom und sah sich nach einer Schreibgelegenheit um, konnte aber nichts finden. »Benutzt ihr kein Papier?«

»Was ist Papier?«, fragte Jibby verwundert.

»Eine aus Pflanzen hergestellte Fläche, die wir Menschen zum Schreiben benutzen«, erklärte Tom.

»Dafür verwenden wir spezielle getrocknete Blätter«, sagte Jibby und zeigte auf einen derartigen Stapel auf einem kleinen Tisch an der Seite, der Tom noch gar nicht aufgefallen war. Neben dem Stapel standen ein Tintenfass und ein Holzkiel zum Schreiben. »Meist benutzen wir aber die kleine Tafel über dem Tisch, um Nachrichten und Notizen aufzuschreiben.« Tatsächlich war an der Wand über dem Tisch eine Tafel befestigt, die Tom bisher ebenfalls entgangen war.

»Ach so macht ihr das«, sagte Tom beeindruckt.

»Hmmm«, summte Jibby vergnügt und nickte lächelnd.

»Kannst du denn die Schrift von uns Menschen lesen?«, fragte Tom.

»Das ... weiß ich nicht«, antwortete Jibby unsicher, worauf Tom den kurzen Satz ‚Ich bin bei Genjo Maran‘ auf die Tafel schrieb. »Nein, das kann ich nicht lesen«, gab sie dann zu.

»Schreib du den Satz bitte auf«, bat Tom die Elfe, was diese auch gleich tat. Ihre Schrift war ihm jedoch völlig unbekannt. »Das kann ich nicht lesen«, sagte Tom amüsiert. »Dann muss ich erst einmal eure Schrift lernen. Kannst du mir das beibringen?«, fragte er Jibby.

»Gerne!«, versicherte sie. »Setz dich bitte an den Tisch, dann zeige ich sie dir.«

»Ja, Frau Lehrerin!«, antwortete Tom schmunzelnd und kam ihrer Aufforderung nach. So begann Jibby mit ihrem Unterricht, bei dem sich Tom wie ein Erstklässler vorkam. Sie schrieb ihm auf der Tafel erst einmal die Buchstaben auf, die Tom dann auf ein Blatt übertrug und dazu die Lettern in seiner Schrift jeweils darunter notierte. Mehrere Zeichen der Elfenschrift waren keine Buchstaben, sondern standen für ganze Silben. Auch die schrieb Tom auf und bekam schnell eine Übersicht über den Aufbau der Elfenschrift. Danach begann Jibby einfache Wörter mit Tom zu üben. Zur Mittagszeit rauchte ihm dann der Kopf und sie beendeten ihren Unterricht für heute.

Auch Jibby war erschöpft. »Ich gehe lieber erst morgen zu Karam’Gor. Jetzt kann ich mich nicht mehr auf sein Training konzentrieren.« Es fiel ihr auf, dass es dunkler im Baumheim geworden war und sie sah aus dem Fenster. »Oh, der Himmel bewölkt sich. Ich glaube, es wird heute noch regnen.«

»Dann sollten wir vorher noch unsere Vorräte auffüllen. Es ist kaum noch etwas da«, schlug Tom vor.

»Da hast du recht. Dann lass uns gleich gehen, bevor das Wetter zu schlecht wird«, antwortete Jibby.

»Schaffst du es denn schon, jetzt mit mir in den Wald zu gehen?«, fragte Tom besorgt. »Ich befürchte, dass du dich da draußen noch zu sehr fürchtest.« Er nahm sie behutsam in die Arme.

»Alleine könnte ich es nicht, aber wenn du bei mir bist, fühle ich mich sicher«, sagte sie, gerührt von seiner Sorge.

»Wirklich?«, fragte Tom skeptisch. »Ich gehe auch gerne alleine, wenn es dir lieber ist.«

»Schon in Ordnung, ich schaffe das!«, bestätigte Jibby mit dankbarem Lächeln und gab ihm einen Kuss.

»Also gut!«, sagte Tom, schnappte sich einen großen Korb und reichte ihr die Hand, die Jibby gerne ergriff. Dann verließen sie gemeinsam das Baumheim und schlenderten in den Wald. Dort war ihr dann doch ein bisschen mulmig, aber Toms Nähe und die Patrouillen, die immer wieder über sie hinweg flogen, gaben ihr die nötige Sicherheit und machten die Situation für sie erträglich. So half Jibby Tom tapfer beim Sammeln von Früchten und Gemüse, bis sie einen Vorrat für mehrere Tage gesammelt hatten. Sie begegneten auch weiteren Elfen, die ebenfalls ihre Vorräte vor dem Regen auffüllten und sie freundlich grüßten, auch manchmal ein kurzes Gespräch führten.

»Ich bin stolz auf dich, dass du mitgekommen bist!«, lobte Tom die Elfe auf dem Rückweg, was ihr Selbstwertgefühl wieder steigerte.

»Da fällt mir gerade ein, dass ich heute ja noch bei Kemor wegen der Anprobe vorbeikommen soll«, erinnerte sich Tom. »Ist es in Ordnung, wenn ich noch geschwind dorthin gehe?«

»Kein Problem! Ich begleite dich, denn ich möchte auch gerne sehen, was er für dich geschneidert hat«, gab Jibby dann ein wenig verlegen zu.

»So, so!«, brummte Tom scheinbar empört und nahm sie dann schmunzelnd in den Arm. »Dann komm mal mit, du neugierige, kleine Elfe!«

Jibby senkte kurz verschämt den Blick und begann amüsiert zu lächeln, während sie ihm auf dem Weg zum Näher folgte. Kurze Zeit später betraten sie die Werkstatt, wo sie von Kemor freundlich begrüßt wurden. Der hatte die Kleidung schon parat gelegt, so dass Tom sie gleich anprobieren konnte. Der Näher steckte rasch die nötigen Korrekturen ab, und versprach, die Kleidung in den nächsten Tagen zu liefern. Darauf verabschiedeten sich Tom und Jibby von dem Schneider und beeilten sich ins Baumheim zu gelangen, denn ein kühler Wind setzte ein und ließ vor allem Jibby frösteln. Zuhause angekommen verstauten sie kurz die gesammelte Nahrung und Jibby kochte einen wohlschmeckenden Tee, um sich aufzuwärmen. Dann machten es sich beide gemütlich. Am Abend begann es zu regnen. Nun ging nur noch vor die Tür, wer unbedingt musste, denn Elfen konnten bei Regen nicht fliegen. Auch jetzt sorgte die Patrouille zu Fuß und mit wasserdichten Überzügen für Sicherheit. Tom taten die Elfen leid, die sich bei dem Wetter nun draußen aufhalten mussten, doch dies gehörte zu ihren Aufgaben, auch wenn es unangenehm war. Jibby erklärte ihm, dass sie sich nun öfter abwechselten, damit sich die Wächter immer wieder aufwärmen konnten. Tom dachte sich, dass sie bei den Menschen wohl nicht so rücksichtsvoll wären, behielt es aber lieber für sich. Der Regen dauerte den Abend und die Nacht hindurch.

Tom, der Bauarbeiter

Kaum war Tom erwacht, hörte er das vertraute Plätschern des Regens, der immer noch andauerte. Jibby lag schlafend neben ihm, so schmiegte sich der junge Mann an die Elfe, denn bei diesem Wetter verspürte er kein Bedürfnis, so früh aufzustehen. Stattdessen genoss er lieber ihre Nähe und ihr hübsches Aussehen, bis Jibby einige Zeit später die Augen aufschlug.

»Guten Morgen«, grüßte Tom und streichelte über ihren Kopf.

Jibby gab den Gruß verschlafen zurück und machte dann ein missmutiges Gesicht. »Och, es regnet ja immer noch!«

»Leider!«, sagte Tom, legte sich auf den Rücken und zog Jibby dabei hoch, so dass sie auf ihm zu liegen kam. »Dann kann ich dich ja noch eine Weile knuddeln!«, meinte er fröhlich und begann sie zu streicheln.

Die Elfe lächelte amüsiert, gab ihm einen Kuss und liebkoste sein Gesicht. Danach umarmte sie ihn, legte den Kopf auf seine Schulter und genoss seine zärtlichen Berührungen. »Dann gehe ich eben erst morgen zu Karam'Gor und helfe dir heute noch einmal beim Lernen unserer Schrift«, sagte Jibby nach einiger Zeit.

»Einverstanden«, bestätigte Tom, während er sie weiter verwöhnte.

»Bei dem Wetter könnte ich den ganzen Tag so liegenbleiben«, meinte die Elfe schließlich verträumt.

»Das gefällt dir wohl?«, fragte Tom vergnügt, worauf Jibby nur genüsslich summte. Er streichelte die Elfe weiter, freute sich über ihre Nähe, spürte die Wärme ihres Körpers und jede ihrer Bewegungen. So lagen sie noch längere Zeit eng aneinandergeschmiegt beisammen, wobei Jibby wieder in einen leichten Schlaf verfiel. Tom gönnte ihr die Ruhe, bekam aber allmählich Hunger. So zwickte er sie zärtlich in die Nase, worauf die Elfe protestierend brummelte. »Willst du nicht mal langsam aufstehen?«, fragte der junge Mann in gespielter Empörung.

»Ich lieg hier doch gerade so gut«, raunte Jibby verträumt.

»Das merk' ich!«, sagte Tom amüsiert und drehte sich herum, so dass sie unter ihm zu liegen kam. »Dann muss ich eben dich anknabbern«, worauf er ihr scherzhaft in die Nase biss.

»Aua!«, rief Jibby übertrieben. »Ich schmecke bestimmt nicht gut!«

»Oh doch!«, versicherte Tom und begann mit seiner Zunge über ihr linkes Ohr zu streicheln, worauf Jibby kichernd zusammenzuckte.

»Hör auf, das kitzelt!«, rief sie lachend.

»Nur, wenn du jetzt aufstehst!«, drohte Tom schmunzelnd.

»Ooooch«, brummte Jibby scheinbar beleidigt, worauf Tom ihr zärtlich in den Bauch biss.

Die Elfe lachte auf. »Nicht aufessen!«

»Du schmeckst aber so gut«, antwortete Tom grinsend und biss gleich noch einmal zu, was Jibby mit einem leisen Aufschrei quittierte.

»Schon gut, ich mach dir ja ein Frühstück!«, rief die Elfe lachend.

»Schmeckt das genauso gut wie du?«, fragte Tom schmunzelnd.

»Noch viel besser!«, versprach Jibby amüsiert.

»Das hoffe ich, sonst knabbere ich weiter an dir!«, drohte der junge Mann scherzhaft.

»Ich wusste gar nicht, dass ihr Menschen arme kleine Elfen zum Frühstück esst«, bemerkte Jibby gespielt ängstlich.

»Nur, wenn sie so süß sind, wie du!«, bestätigte Tom zwinkernd und gab ihr einen Kuss.

»Dann bin ich ja beruhigt!«, antwortete Jibby scheinbar erleichtert und erhob sich zusammen mit Tom. Das folgende Frühstück war tatsächlich schmackhaft genug, so dass die Elfe nicht weiter angeknabbert wurde. Vielmehr nahmen beide danach wieder den Unterricht auf, um Tom vollends die Elfenschrift beizubringen, wobei sich Jibby erneut als gute, geduldige Lehrerin erwies und Tom ein gelehriger Schüler war. So kamen sie diesen Vormittag gut voran und Tom konnte bald schon die Elfenschrift einwandfrei lesen und schreiben. Zur Mittagszeit hörte der Regen endlich auf und die Sonne zeigte sich wieder am Himmel. »Dann kann ich heute ja doch noch zu Karam'Gor gehen«, sagte Jibby erfreut. »Ich weiß zwar nicht, ob er gerade Zeit für mich hat, da er nachmittags eine Gruppe unterrichtet, doch vielleicht kann ich am Unterricht mit teilnehmen.«

»Gute Idee! Soll ich dich begleiten?«, fragte Tom.

»Darüber würde ich mich zwar freuen, aber es ist besser, wenn ich hinüber fliege, da der Waldboden vom Regen noch recht aufgeweicht ist. Falls Karam'Gor keine Zeit für mich hat, komme ich gleich zurück«, schlug die Elfe vor.

»In Ordnung! Dann warte ich hier auf dich. Wenn du nicht gleich zurückkommst, gehe ich zu Genjo Maran und frage ihn, ob ich mich irgendwie nützlich machen kann«, meinte Tom.

»Einverstanden. Zieh aber deine Schuhe aus, bevor du sein Baumheim betrittst. Es gehört sich bei uns Elfen nicht, das Heim mit schmutzigen Füßen zu betreten«, erklärte Jibby.

»Mache ich. Danke für den Hinweis! Dann hoffe ich, dass Karam'Gor gleich Zeit für dich hat.«

»Bis dann!«, verabschiedete sich Jibby fröhlich, gab Tom einen Kuss, ging hinaus und flog davon. Kurze Zeit später landete sie beim Baumheim des Schamanen. Als sie dort anklopfte, bekam sie keine Antwort. Zaghaft klopfte sie noch einmal, doch wieder antwortete niemand. Sie wollte schon enttäuscht wegfliegen, als sie plötzlich das Schwirren von Elfenflügeln hörte. Im nächsten Moment landete Karam'Gor direkt vor ihr. Die Elfe begrüßte den Schamanen und verbeugte sich höflich.

»Hallo Jibby! Tut mir leid, dass du auf mich warten musstest. Was kann ich für dich tun?«, fragte der Magier freundlich.

»Ich wollte fragen, ob du mich heute unterrichten kannst«, sagte Jibby kleinlaut. Die imposante Gestalt des großen Elf verunsicherte sie immer noch ein wenig.

»Gerne! Wegen des Regens fällt der Unterricht für heute aus, so dass ich Zeit für dich habe.

»Prima!«, rief Jibby erfreut, um gleich darauf verlegen den Blick zu senken, weil sie befürchtete unhöflich zu sein. Doch der Schamane lachte nur amüsiert und geleitete die Elfe ins Baumheim, wo er ihr einen Platz anbot. Dann setzte er sich ihr gegenüber, fragte sie, wie weit sie bereits ausgebildet war, und prüfte ihr Können. Schon nach kurzer Zeit hatte er sich einen Überblick über die Fähigkeiten der junge Elfe verschafft und begann mit einem systematischen Unterricht. Durch seine humorvolle und geduldige Art fasste Jibby schnell Vertrauen zu dem Schamanen und genoss bald die Lehre, obwohl sie manchmal recht anstrengend war.

Tom war inzwischen auf dem Weg zu Genjo Maran. Nach einem längeren Fußmarsch erreichte er das Baumheim des Obersten und stieg die Leiter hinauf. Oben angekommen zog er seine schmutzigen Schuhe aus, wie es ihm Jibby geraten hatte, und klopfte an die Tür. Genjo Maran empfing ihn freundlich und bot ihm einen Platz am Tisch an. »Ich möchte mich gerne nützlich machen, weiß aber nicht wie. Vielleicht sind meine handwerklichen Fähigkeiten für euch von Nutzen«, erklärte der junge Mann.

Der Oberste überlegte kurz. »Am Rand der Siedlung bauen wir gerade ein neues Baumheim auf. Dabei sind helfende Hände immer willkommen. Probiere doch einfach aus, ob dir diese Tätigkeit gefällt. So machen wir es auch mit unseren Jungelfen. Die probieren verschiedene Tätigkeiten aus, bis jeder das Passende für sich gefunden hat. Wäre das für dich akzeptabel?«

»In Ordnung, da helfe ich gerne mit. Wo befindet sich denn die Baustelle?« Darauf führte Genjo Maran den jungen Mann vor die Tür und zeigte ihm, in welche Richtung er sich wenden musste. »Alles klar, vielen Dank für deinen Rat!«

»Gern geschehen! Ich hoffe, diese Arbeit gefällt dir. Falls nicht, komm einfach wieder zu mir, dann finden wir eine andere Lösung«.

Tom bedankte sich nochmals und verabschiedete sich von Genjo Maran. Darauf kehrte er rasch zu seinem Baumheim zurück, um Jibby aufzuschreiben, wo er sich aufhalten würde. Dann machte er sich auf den Weg zur Baustelle, die er einige Zeit später erreichte. Die Elfen dort waren froh über seine Hilfsbereitschaft und nahmen ihn freundlich auf. Ihre Werkzeuge sahen den menschlichen Geräten recht ähnlich, so dass Tom keine Schwierigkeiten bei ihrer Benutzung hatte. Dafür zeigten ihm die Elfen, wie er seine Arbeitsweise noch verbessern konnte. So gehörte er bald zum Team und Tom fühlte sich rasch wohl unter den Elfen, deren systematische und ruhige Methodik ihm gefiel. Auch ihr freundlicher und humorvoller Umgang miteinander behagten ihm sehr. Abends, auf dem Heimweg, begegnete er Karam'Gor, dessen Kleidung zahlreiche Brandspuren aufwies. Er sprach ihn kurz wegen Jibby an, worauf der alte Magiermeister schmunzelnd meinte, dass dies für Tom zwar katastrophal aussehe, doch für Jibby wären das schon große Fortschritte. Darauf verabschiedete sich der junge Mann ein wenig verlegen und kam kurze Zeit später beim Baumheim an, wo Jibby gerade das Essen zubereitete. Die Elfe begrüßte ihn fröhlich.

»Wie ist es dir denn beim Aufbau des Baumheimes ergangen?«, fragte sie neugierig.

»Ich fühle mich dabei sehr wohl. Die Tätigkeit macht Spaß und die Elfen sind alle sehr nett. Vorerst werde ich wohl weiter beim Aufbau mithelfen, wenn dir das Recht ist.«

»Natürlich! Es freut mich, dass du eine Beschäftigung gefunden hast, die dir Spaß macht!«, versicherte Jibby.

»Wie ist es dir bei Karam'Gor ergangen?«, wollte Tom wissen.

»Er war sehr nett und geduldig, obwohl ich mich mit manchem Zauber noch schwertue«, gab Jibby ein wenig verlegen zu. Als Tom zu schmunzeln begann, sah sie ihn verwundert an. »Was amüsiert dich denn so?«

»Auf dem Heimweg habe ich ihn kurz gesprochen. Seine Kleidung wies einige Brandflecken auf«, antwortete Tom lächelnd.

Jibby senkte verschämt den Blick. »Oje, das ist mir furchtbar peinlich! Warum bin ich nur so schrecklich schusselig!«, fragte sie sich enttäuscht.

»Du bist nicht schusselig. Du verlangst nur manchmal zu viel von dir selbst. Dass du noch nicht so gut ausgebildet bist, ist doch nicht deine Schuld! Rede dir das nicht ein. Du brauchst eben noch ein wenig Übung, dann kannst du das bald genauso gut, wie die anderen Elfen. Nimm dir einfach die Zeit dafür und setz dich nicht so unter Druck. Du lernst das bestimmt bald, das weiß ich ganz sicher!« Tom hob ihr Kinn sanft mit zwei Fingern an. »Verliere nie den Glauben an dich selbst. Du kannst viel mehr, als du vermutest!«

Jibbys Blick hellte sich auf, dann umarmte sie den jungen Mann und bedankte sich leise, während er zärtlich ihren Kopf streichelte.

»Was kochst du denn da?«, fragte Tom und schnüffelte genüsslich.

Die Elfe schreckte hoch. »Oje, mein Eintopf!« Sie fuhr herum und rührte kräftig um. »Zum Glück ist er nicht eingebrannt!«, meinte sie dann erleichtert. »Das hätte gerade noch gefehlt, dass ich auch noch das Essen anbrennen lasse!«

Tom lachte amüsiert auf und gab ihr einen Kuss. »So etwas kann doch einer Meisterköchin wie dir nicht passieren!«

»Da wäre ich mir nicht so sicher«, gab Jibby verlegen zu. »Lass uns besser gleich essen, bevor alles verkocht ist.«

»Gerne!«, meinte Tom, wusch sich die Hände und setzte sich an den Tisch, wo ihm die Elfe eine tüchtige Portion servierte. Nach dem arbeitsreichen Tag war Tom recht hungrig und freute sich, dass Jibby solch ein gutes Essen gekocht hatte. So aßen sie gemeinsam und machten es sich später noch gemütlich, bis beide schließlich müde von der Anstrengung schlafen gingen. Während Jibby bereits an Tom geschmiegt ruhte, lag der junge Mann noch wach. Er drehte den Kopf und betrachtete seine hübsche Partnerin. Obwohl sie erst wenige Tage bei der neuen Elfensippe lebten, fühlte sich Jibby hier schon sichtlich wohl und blühte langsam auf. Die neue Umgebung mit all den freundlichen und hilfsbereiten Elfen tat ihr gut und förderte ihr Selbstbewusstsein, was sie manchmal sogar durch kleine Frechheiten bekundete, die sie sich zuvor nicht getraut hätte. Tom genoss ihr fröhliches Wesen und ihre zunehmend unbekümmerte Art, was ihm zeigte, dass sie ihre anfängliche Angst und Unsicherheit und damit ihre traumatische Kindheit und Jugend allmählich überwand. Auch er hatte es bis jetzt keinen Moment bereut, sich ihr anzuschließen, um sein weiteres Leben mit ihr zu verbringen. Es tat einfach gut, solch eine liebenswerte Partnerin zu haben, die er umsorgen und beschützen konnte. Sie hatte ihn in diese Welt geführt, in der er sich zusammen mit ihr so wohl fühlte und genau das Leben führte, das er sich immer gewünscht hatte! Dafür konnte er ihr gar nicht genug danken. Im Moment hoffte er nur, dass dieses gemeinsame Glück noch lange währte. Der junge Mann streichelte zärtlich über ihre Wange und gab Jibby einen sanften Kuss, bevor auch er mit solch glücklichen Gedanken einschlief.

Neue Kleidung

Am nächsten Morgen erwachte Tom wie üblich recht früh. Noch war es nicht Zeit aufzustehen, so lag er eine Weile lang dösend neben der schlafenden Elfe. Jibby sollte an diesem Tag schon morgens zum Unterricht bei Karam'Gor erscheinen, weshalb Tom sie vorsichtig aufweckte. Erst brummte sie protestierend, dann öffnete sie ihre Augen einen Spalt weit und sah den jungen Mann verschlafen an. »Aufwachen, kleine Träumerin«, begrüßte Tom sie scherzhaft.

»Was ist denn los?«, maulte die Elfe.

»Wenn du rechtzeitig zum Unterricht erscheinen willst, müssen wir demnächst aufstehen«, erklärte Tom geduldig.

Jibby ließ stöhnend den Kopf sinken. »Na gut, ich steh gleich auf«, brummte sie müde und schloss erneut die Augen.

Tom musste über ihre Reaktion schmunzeln. Als Kind war es ihm auch immer schwergefallen früh aufzustehen. Inzwischen war Jibby schon wieder eingeschlafen, weshalb der junge Mann in komischer Verzweiflung die Augen verdrehte. Er drehte sich zu ihr hinüber, gab ihr einen Kuss und flüsterte in ihr Ohr: »Hallo, aufstehen, du Schlafmütze.«

Jibby brummte wieder protestierend. »Ist ja gut, ich bin ja schon wach.« Diesmal erhob sie sich tatsächlich, wobei sie irgendetwas Unverständliches murmelte, was Tom nochmals schmunzeln ließ. Die Elfe streckte sich und gähnte herzhaft. Dann taumelte sie zur Waschschüssel und erfrischte sich kurz.

Tom sah ihr mit amüsiertem Kopfschütteln zu, dann umarmte er sie von hinten. »Na, bist du jetzt wach?«

»Weiß ich noch nicht«, murmelte Jibby immer noch verschlafen.

Tom gab ihr einen Kuss und ließ sie los, damit sie sich umziehen konnte. Dann erfrischte er sich und zog sich vollends an. Beim Frühstück wurde Jibby endlich gänzlich wach. »Ich befürchte, du musst in nächster Zeit öfter früher aufstehen, wenn du schon morgens zum Unterricht gehst«, bemerkte Tom lächelnd.

»Leider!«, brummte Jibby wenig begeistert.

»Warum fragst du Karam'Gor nicht, ob du später anfangen kannst?«, fragte Tom.

»Dann reicht die Zeit nicht, da er am Nachmittag eine Gruppe unterrichtet. Ich kann ja froh sein, dass er bereit ist, mich schon so früh zu unterrichten. Das muss ich jetzt eben durchstehen.«

»Ich wohl auch«, bemerkte Tom mit gespielter Resignation.

Jibby sah ihn überrascht an. »Wie meinst du das?«

»Na, wenn du jeden Morgen so brummelig bist, stehen mir harte Zeiten bevor.«

»Bin ich denn so schlimm?«, fragte Jibby erschrocken.

»Nein, bist du nicht!«, antwortete Tom lachend. »Im Gegenteil! Du siehst süß aus, wenn du so verschlafen bist.«

Jibby bedachte ihn mit einem strafenden Blick, wurde dann aber leicht verlegen. »Ja, ich weiß, ich war schon als Kind recht muffig, wenn ich so früh aufstehen musste.«

»Daran hat sich nicht viel geändert«, bemerkte Tom zwinkernd. »Wie gesagt, das wird hart für mich!«

Jibby ließ kurz verlegen den Blick sinken. »Bin ich trotzdem noch zu ertragen?«

Tom nahm sie gerührt in den Arm. »Aber sicher! Mir ging es doch früher genauso.« Er begann zu grinsen. »Sonst komme ich einfach mit einem Eimer kaltes Wasser.«

»Das würdest du tun?«, fragte Jibby mit gespieltem Schrecken.

»Hmmm!«, summte Tom ahnungsvoll.

»Du bist gemein!«, brummte die Elfe scheinbar beleidigt.

»Und du bist eine süße, kleine Schlafmütze!«

Jibby sah ihn verlegen an. »Stimmt!«, gab sie kleinlaut zu, worauf Tom sie lachend an sich drückte und ihr einen Kuss gab. Dann blickte er aus dem Fenster, um nach dem Sonnenstand zu sehen.

»Es wird Zeit, wir sollten gehen.« So verließen beide nach einem herzlichen Abschied das Baumheim. Tom ging zu Fuß zur Baustelle, während Jibby zu Karam'Gor flog. Unter der Anleitung des Schamanen lernte die Elfe schnell ihre Magie besser zu beherrschen. Der Magier lobte sie sogar, wegen ihrer raschen Auffassungsgabe. So kehrte Jibby zur Mittagszeit stolz zum Baumheim zurück. Dort fand sie vor der Tür ihre bestellte Kleidung und Toms neues Rasiermesser. Der Näher und der Schmied mussten es in ihrer Abwesenheit dort abgelegt haben. Tom würde sich freuen, dass seine neue Kleidung fertig war und er sich wieder rasieren konnte. Jibby legte beides im Baumheim ab und flog dann zu der Lichtung am Rand der Siedlung, wo Nobur seinen Flugunterricht abhielt. Der Unterricht beim Schamanen war nicht so anstrengend, so dass sie auch noch ein wenig fliegen üben wollte. Nobur begrüßte sie freundlich und hatte auch Zeit für Jibby. Er probierte erst einmal verschiedene Flugmanöver mit ihr aus, um zu sehen, wie gut ihre Flugkünste waren. Er erkannte schnell ihre Schwächen und stellte für sie ein entsprechendes Training zusammen. Doch Jibby erschöpfte rasch, weil sie nicht so viel flog, wie die anderen Elfen. So beendete Nobur die Übungen am Nachmittag und Jibby kehrte müde, aber zufrieden zum Baumheim zurück. Dort ruhte sie sich noch etwas aus, bis Tom zurückkehrte.

»Oh, die neue Kleidung und das Rasiermesser sind ja schon fertig!«, rief Tom nach Jibbys Begrüßung erfreut.

»Willst du die neuen Sachen gleich anprobieren?«, fragte Jibby.

»Gerne! Vorher möchte ich aber noch baden, weil ich gerade ziemlich verschwitzt bin.«

»Das wäre sicher besser!«, meinte Jibby grinsend, zog eine Grimasse und hielt sich die Nase zu.

Tom sah sie verblüfft an und stemmte dann in gespielter Empörung die Arme in die Seiten. Jibby zog unsicher den Kopf ein. »Frechheit!«, brummte der junge Mann scheinbar verärgert und verstrubbelte ihr darauf lachend die Haare. »Dann geh ich gleich mal ins Wasser, damit du meinen Gestank nicht länger ertragen musst!«

»Warte bitte, ich komme mit!«, rief Jibby amüsiert, schnappte sich ein neues Kleidungsstück und begleitete dann ihren Partner zu einem nahe gelegenen Waldsee. Dort waren sie zum Glück alleine. So entkleideten sie sich rasch und gingen ins Wasser, wo sie erst einmal ihre bisherige Kleidung reinigten. Dann probierte Tom sein neues Rasiermesser aus. Er kam gut damit zurecht. Es war zwar nicht so scharf wie ein menschliches Rasiermesser, jedoch ausreichend, um seinen mehrer Tage alten Bart zu kürzen. Jibby beobachtete ihn dabei etwas ängstlich, denn ein scharfes Messer über Gesicht und Hals zu ziehen war ihr unheimlich. Doch Tom schaffte es sich zu rasieren ohne sich zu schneiden und nach kurzer Zeit war er mit der Rasur zufrieden. Er legte das Messer ans Ufer, schwamm zu Jibby hinüber und schubste ihr einen Schwall Wasser entgegen.

Die Elfe schüttelte sich empört. »Warum schlägst du mir denn Wasser ins Gesicht. Ich habe dir doch gar nichts getan!«, schimpfte sie verärgert.

Tom sah sie verwundert an. »Das war doch nur zum Spaß. Hast du denn noch nie im Wasser geplanscht und rumgealbert?«

»Nein«, antwortete die Elfe unsicher. »Ich bin immer mit meiner Ziehmutter baden gegangen, weil ich bei ihr vor den Attacken der anderen Elfen sicher war. Dann haben sie sich nicht getraut, mir etwas anzutun. Wir gingen rasch ins Wasser, haben uns gereinigt und gleich danach wieder angezogen.«

»Verstehe«, sagte Tom überrascht. »Dann wird es Zeit dir zu zeigen, dass man auch im Wasser viel Spaß haben kann. Erste Lektion: Nassspritzen!« Er nahm eine Handvoll Wasser und warf sie Jibby entgegen, die mit einem Aufschrei zurückwich. »Mach es mir einfach nach!«, forderte er dann die tropfende Elfe auf. Jibby zögerte kurz, dann warf sie eine kleine Menge Wasser in seine Richtung. »Das kannst du doch noch besser!«, meinte der junge Mann herausfordernd, worauf Jibby mit einem Lächeln eine größere Portion Wasser nach ihm warf. »So ist es richtig!«, sagte er grinsend und spritzte sie wieder nass. Jibby fand durchaus Gefallen an dem Spiel, und nach kurzer Zeit warfen sich beide lachend immer größere Mengen Wasser zu, bis Jibby schließlich aufgab. Tom ging auf sie zu und nahm sie in die Arme. »Na, wie war's?«

»Das hat Spaß gemacht!«, versicherte Jibby fröhlich.

»Dann wird es Zeit für Lektion Nummer zwei: Abtauchen!« Kaum hatte er ausgesprochen, ließ er sich zur Seite fallen und zog Jibby mit sich, die erschrocken aufschrie. Dann tauchten beide unter. Gleich darauf half Tom ihr wieder auf. Jibby kam prustend hoch, schüttelte die langen Haare und wischte sich das Wasser aus den Augen. Tom stand grinsend vor ihr. »Nochmal?«, fragte er amüsiert.

»Nein, bitte nicht, das ist mir jetzt doch etwas zu wild!«, wehrte die Elfe ab.

»Na gut, dann eben gleich Lektion Nummer drei.«

»Wie geht die?«, fragte Jibby unsicher. Statt eine Antwort zu geben, begann Tom sie zu kitzeln. Die Elfe schrie auf und begann lachend zu strampeln. »Hör auf!« Sie versuchte ihm zu entkommen, da Tom sie jedoch gleichzeitig festhielt, gelang ihr das nicht. So wandt sie sich lachend in seinem Griff, bis Tom kurze Zeit später aufhörte. »Das war gemein!«, schimpfte sie in gespieltem Ärger.

»Wenn du schon mal so nackt bist, muss ich das doch ausnützen!«, bemerkte Tom schmunzelnd.

»Nein, musst du nicht!«, brummte Jibby scheinbar empört.

»Doch!«, versicherte Tom.

»Nein!«

»Doch!«

»Nein, nein nein!«, schimpfte Jibby und trommelte dabei mit ihren Fäusten auf seine Brust.

Tom drückte sie darauf lachend an sich, so dass sie sich kaum noch bewegen konnte.

»Lass mich los, du frecher Mensch!«, protestierte die Elfe.

»Du siehst süß aus, wenn du dich ärgerst«, meinte Tom lächelnd und drückte ihr dann einen Kuss auf den Mund.

Bei so viel Zärtlichkeit erstarb ihr Widerstand rasch, worauf Jibby die Arme um seinen Hals legte und ihn leidenschaftlich küsste. So standen sie eng umschlungen und etwas verträumt im Wasser und freuten sich über die gegenseitige Nähe. Beide waren glücklich einander zu haben.

»Tom, würdest du bitte heute Nacht noch einmal mit mir schlafen«, bat die Elfe schließlich mit hoffnungsvollem Blick.

»Gerne!«, versicherte Tom, worauf Jibby ihm ein strahlendes Lächeln schenkte. Dann schloss sie die Augen, lehnte ihren Kopf an Toms Schulter und genoss die Wärme seiner Haut. Nach einiger Zeit löste der junge Mann seine Umarmung und hob die überraschte Elfe hoch. »Entspann dich einfach und genieße es«, riet er ihr, während er sie durchs Wasser trug.

Die Elfe ließ den Kopf sinken und ruhte auf den starken Armen ihres Partners, wobei sie sich sichtlich wohlfühlte, während Tom sich am Anblick ihres hübschen, nackten Körpers erfreute. Als sie seinen genießerischen Blick bemerkte, wurde sie kurz rot. Tom zwinkerte ihr scherzhaft zu, worauf Jibby ihm ein amüsiertes Lächeln schenkte. Dann entspannte sie sich wieder. So watete der junge Mann mit Jibby längere Zeit durch den See, bis es ihnen im Wasser schließlich zu kalt wurde. Tom setzte die Elfe am Ufer ab, wo sich beide rasch trockneten und ankleideten.

»Jetzt siehst du wie ein richtiger Elf aus«, meinte Jibby vergnügt, nachdem Tom seine neue Kleidung angelegt hatte.

»Allmählich fühle ich mich auch so«, gestand Tom halbernst. Dann ergriff er ihre Hand und schlenderte mit ihr zum Baumheim zurück, wo sie gemeinsam das Abendessen zu sich nahmen.

Als es zu dämmern begann, sah Jibby ihren Partner verlegen an. »Hilfst du mir beim Ausziehen?«

Dem Wunsch kam Tom gerne nach und entkleidete die Elfe genüsslich. Darauf half sie ihm aus der Kleidung. Anschließend streichelte er sie zärtlich und küsste sie liebevoll. Doch diesmal wurde Jibby noch aktiver und verwöhnte auch Tom auf ihre Art. So verbrachten beide wieder eine wunderschöne Nacht miteinander, während der sie sich mehrfach vereinigten.

Eine alte Freundin

Nach der angenehmen Liebesnacht erwachte Tom am nächsten Morgen deutlich später als am Vortag. Als er aus dem Fenster sah, erschrak er und rüttelte Jibby eilig wach.

»Was ist denn los?«, maulte sie.

»Wir haben verschlafen. Die Sonne steht bereits fast über den Baumwipfeln!«, erklärte Tom.

»Oh nein, schon so spät?«, fragte Jibby. »Dabei bin ich doch noch so müde.«

»Ich weiß, aber wenn du jetzt nicht aufstehst, kommst du zu spät zum Unterricht«, ermahnte sie der junge Mann.

»Macht nichts«, meinte Jibby, gähnte herzhaft und streckte sich genüsslich. »Wir Elfen nehmen es mit der Pünktlichkeit nicht so genau.« Dann erhob sie sich gemächlich und erfrischte sich.

Tom beobachtete sie dabei mit amüsiertem Kopfschütteln. »Gilt das für alle Elfen, oder nur für dich?«

»Weiß ich nicht«, brummelte Jibby, während sie sich abtrocknete. Dann kleidete sie sich ohne Hast um, worauf Tom sich erfrischte.

»Daran muss ich mich wohl erst gewöhnen«, sagte der junge Mann halbernst.

»Hmmm«, summte Jibby, als sie verschlafen an ihm vorbei trottete und das Frühstück vorbereitete.

Tom zog sich rasch an und half dann seiner Partnerin. Auch beim Frühstück beeilte sich die Elfe nicht sonderlich, was seine Geduld ein wenig strapazierte, weil er befürchtete, dass sich die Elfen auf der Baustelle über sein Zuspätkommen ärgern würden. Doch er wollte Jibby nicht hetzen, weshalb er äußerlich ruhig blieb, was ihm allerdings schwerfiel. So brachen dann beide mit deutlicher Verspätung auf. Tom erreichte atemlos die Baustelle, doch die Elfen waren ihm nicht böse, frotzelten nur ein wenig wegen seiner Verspätung. Es zeigte sich jedoch, dass Tom heute nicht so fit und ein bisschen unausgeschlafen war, was den Elfen Anlass zu weiteren scherzhaften Bemerkungen gab.

Auch Jibby war während des Unterrichts bei Karam'Gor etwas müde und fahrig, weshalb der Schamane den Unterricht früher beendete und die Elfe schmunzelnd mit dem guten Rat sich erst einmal auszuschlafen nach Hause schickte. Jibby bedankte sich verlegen und beeilte sich hinauszugehen. Kaum war sie wieder im Baumheim angelangt, klopfte es an der Tür. Als sie vorsichtig öffnete, stand einer der Wächter vor ihr.

»Bitte verzeih die Störung, Genji«, sagte der Elf höflich. »Genjo Maran hat mich aufgefordert, dich zu ihm zu geleiten. Eine Heilerin aus deiner früheren Sippe mit Namen Vori'Tah hat um Asyl gebeten.«

Jibby bekam große Augen. »Was, Vori'Tah ist hier?«, fragte sie überrascht.

Der Wächter nickte. »So nannte sie sich und sagte, du würdest sie kennen.«

»Oh ja, das tue ich!«, rief Jibby begeistert. »Bitte bring mich schnell zu ihr!«, bat sie den Wächter, der ihrem Wunsch gerne nachkam. Kurze Zeit später landeten beide bei Genjo Maran. Jibby konnte es kaum glauben, dass ihre Gönnerin aus der Kindheit hier war, doch als sie die alte Elfe erblickte, erkannte sie diese sofort. »Vori'Tah!«, rief Jibby überglücklich, rannte auf sie zu und fiel ihr freudig um den Hals.

Die Heilerin nahm sie lachend in die Arme und drückte sie herzlich. »Meine kleine Jibby, du bist es tatsächlich!«

»Es ist wirklich nicht zu leugnen, dass ihr beiden euch gut kennt«, meinte Genjo Maran schmunzelnd.

Jibby ließ die Heilerin los und senkte verlegen den Blick. »Bitte verzeih, ich wollte dir gegenüber nicht unhöflich sein«, sagte sie an den Obersten gewandt.

»Ist schon in Ordnung!«, meinte Genjo Maran amüsiert. »Es freut mich doch auch, dass ihr beiden euch wieder gefunden habt.

Vori'Tah hat mir bereits ihren Geist geöffnet. Ich habe ihr Asyl gewährt.«

»Du bleibst hier?«, fragte Jibby überrascht.

»Hmmm«, summte die Heilerin lächelnd und nickte.

»Das ist ja großartig!«, rief Jibby begeistert und fiel Vori'Tah erneut um den Hals.

»Ich habe bereits angeordnet, ein Baumheim für sie herzurichten«, sagte Genjo Maran erheitert. »Einer der Wächter wird sie später hinführen.«

»Danke! Vielen Dank!«, rief Jibby freudig und umarmte Genjo Maran. Dann machte sie verlegen einen Schritt rückwärts und senkte den Blick. »Oh, Entschuldigung...«

»Ist schon gut!«, meinte der Oberste schmunzelnd. »Ich freue mich ja mit dir. Dann zeig doch Vori'Tah jetzt die Siedlung und feiert euer Wiedersehen.«

»Ja, das mache ich!«, rief Jibby begeistert, wobei sie von einem Bein auf das andere hüpfte. Sie ergriff eine Hand der Heilerin und zog sie hinter sich her. Die alte Elfe hatte Mühe Jibby zu folgen und bedankte sich noch rasch bei Genjo Maran, bevor sie hinausgezogen wurde. Der Oberste sah den beiden mit amüsiertem Kopfschütteln nach. Darauf brachte Jibby die Heilerin in ihr Baumheim, das sie mit Tom zusammen bewohnte. »Jetzt erzähl doch mal, wie kommst du denn hierher?«, fragte die junge Elfe aufgeregt.

»Ich habe es bei dieser boshaften Sippe einfach nicht mehr ausgehalten. Als ich meine Nachfolgerin eingearbeitet hatte, gab es für mich keinen Grund mehr, länger zu bleiben. Durch Kano und Taraf habe ich erfahren, wo du dich befindest. So bin ich in der Nacht heimlich davongeschlichen und tagsüber in mehreren Etappen bis hierher geflogen«, erklärte Vori'Tah.

»Die neue Siedlung der Sippe muss doch weit entfernt von hier sein. Du hast tatsächlich den ganzen Weg auf dich genommen, nur um zu mir zu kommen?«, fragte Jibby überrascht.

»Oh ja, denn ich habe mir große Sorgen um dich gemacht, nachdem dich diese verruchte Sippe alleine zurückließ. Ich wusste nichts von ihren Plänen. Bevor sie heimlich aufgebrochen sind, haben sie mich mit einem Schlafzauber überwältigt und dann einfach mitgeschleppt. Als ich dich später nicht mehr fand, stieß ich auf eine Mauer des Schweigens. Die waren sogar zu feige zuzugeben, dass sie sich deiner entledigt hatten. Ich habe immer wieder die Umgebung nach dir abgesucht, dich aber nicht gefunden. Mit jedem Tag habe ich mir mehr Sorgen um dich gemacht, doch ich konnte nicht einfach flüchten, da meine Nachfolgerin noch nicht vollends ausgebildet war und einige kranke Elfen meiner Hilfe bedurften. Als dann Kano und Taraf erzählten, sie hätten dich hier wohlauf gefunden, war ich erst einmal sehr erleichtert, denn ich hatte bereits das Schlimmste befürchtet! Dass diese beiden Narren dich angegriffen haben, erfuhr ich erst später. Das sieht ihnen wieder einmal ähnlich! Doch jetzt wusste ich wenigstens, wo du warst und dass es dir gut geht. Kurze Zeit später konnte ich dann endlich die Ausbildung meiner Nachfolgerin abschließen und davon fliegen. Ach Jibby, ich bin so froh, dich hier gesund und munter wiederzusehen!« Die alte Heilerin nahm die junge Elfe mit Freudentränen überglücklich in die Arme. Auch Jibby hatte Tränen in den Augen, als sie Vori'Tah umarmte. So standen sie eng umschlungen längere Zeit beisammen und freuten sich über das Wiedersehen. »Kano hat von einem Menschen berichtet, der bei dir war«, sagte die Heilerin schließlich.

Jibby nickte. Dann erzählte sie Vori'Tah die Geschichte von Tom und wie sie mit ihm hierhergekommen war.

»Dann hast du mit ihm wohl einen guten Partner gefunden«, bemerkte Vori'Tah.

»Oh ja! Ich bin wirklich glücklich mit ihm!«, antwortete Jibby freudig. »Komm doch bitte heute Abend einfach zu uns, dann lernst du ihn kennen. Tom wird sich bestimmt darüber freuen«, lud Jibby die alte Elfe ein.

»Das tue ich gerne«, nahm Vori'Tah die Einladung an.

In diesem Moment klopfte es an der Tür. Wieder stand ein Wächter davor und erklärte, dass Vori'Tahs Baumheim nun bezugsfertig wäre. Jibby begleitete darauf die alte Elfe in ihr neues Heim. Nach einer kurzen Erkundung verabschiedete sich die junge Elfe und flog in ihr Baumheim zurück, damit sich die Heilerin erst einmal ausruhen konnte. Wenig später kam Tom nach Hause. Die Elfen ließen ihn früher gehen, weil er so erschöpft war.

Jibby begrüßte ihn stürmisch. »Du glaubst nicht, was heute passiert ist!«, rief sie fröhlich.

»Was denn?«, fragte Tom neugierig.

»Vori'Tah ist hier angekommen und wohnt nun auch in dieser Siedlung!«, antwortete Jibby freudig.

»Das ist doch diese Elfe aus deiner früheren Sippe, die als Einzige freundlich zu dir war und sich um dich kümmerte«, erinnerte sich der junge Mann.

»Genau die!«, rief Jibby fröhlich.

»Das ist ja toll!«, meinte nun auch Tom erfreut.

Darauf erzählte ihm Jibby, wie sich alles zugetragen hatte und dass ihre alte Gönnerin später noch zu Besuch kommen wollte.

»Das freut mich jetzt, dass ihr beiden euch wieder gefunden habt.« Tom nahm Jibby in die Arme und drückte sie liebevoll an sich. »Bin gespannt darauf sie kennenzulernen.«

»Sie ist auch schon neugierig auf dich«, antwortete Jibby schmunzelnd. »Dann lass uns jetzt essen, damit wir rechtzeitig fertig sind, bis Vori'Tah kommt.«

»In Ordnung. Ich will mich nur noch kurz erfrischen.«

Jibby nickte fröhlich und bereitete schon einmal das Essen vor, bis Tom sich zu ihr setzte und sie gemeinsam aßen.

Einige Zeit später klopfte es an der Tür. Tom öffnete vorsichtig und spähte hinaus.

»Sei gegrüßt! Mein Name ist Vori'Tah.« Die alte Elfe verbeugte sich höflich. »Und du bist Tom, nehme ich an.«

»Stimmt!«, meinte der junge Mann lächelnd und gab die Verbeugung zurück. »Komm bitte herein.«

Die Heilerin trat ein und wurde von Jibby stürmisch begrüßt. Dann nahmen die drei Platz. »Es freut mich, dich kennenzulernen. Jibby hat mir schon Einiges über dich erzählt«, sagte Vori'Tah an Tom gewandt.

»Die Freude ist ganz auf meiner Seite!«, erwiderte Tom. »Vor allem freut es mich, dass ihr beiden euch wieder gefunden habt«, wobei sein Blick kurz zwischen Vori'Tah und Jibby hin und her wechselte. »Ich hoffe, deine Reise hierher war nicht allzu beschwerlich.«

»Der Weg war schon recht weit, doch als ich erfuhr, dass Jibby hier ist, musste ich einfach herkommen, egal wie anstrengend es ist.« Dann drückte sie liebevoll die Hand der jungen Elfe und Jibby schenkte der Heilerin ein dankbares Lächeln. »Ich bin so froh, dass es dir gut geht, meine Kleine!« Dann wurde sie kurz verlegen. »Ach je, was sag ich denn da! Du bist doch schon erwachsen und ich sage immer noch ‚meine Kleine' zu dir.«

»Du darfst mich ruhig so nennen!«, sagte Jibby amüsiert. »Ich weiß doch, es ist nur lieb von dir gemeint!«

So plauderten sie unbekümmert miteinander und erzählten sich gegenseitig ihre Erlebnisse. Tom und Vori'Tah verstanden sich ausgezeichnet, so dass es ein angenehmer und fröhlicher Abend wurde. Doch die weite Reise der Heilerin forderte ihren Tribut, weshalb sie sich bald verabschiedete. Jibby begleitete sie noch zu ihrem Baumheim.

»Ich bin wirklich sehr froh für dich!«, gab Vori'Tah dort zu. »Tom ist ein guter Junge und ihr passt auch wunderbar zusammen, obwohl er kein Elf ist. Wenn ich daran denke, dass du noch vor kurzer Zeit ein ängstliches, eingeschüchtertes Mädchen warst und nun zu einer selbstbewussten, attraktiven Elfe gereift bist, so hat dir seine Partnerschaft und Liebe wirklich gutgetan!«

Jibby senkte kurz verlegen den Blick. »Das stimmt! Ich fühle mich bei ihm auch sehr wohl und bin dankbar, dass er immer so lieb, geduldig und verständnisvoll ist.«

»Jedenfalls freue ich mich, dass du durch ihn endlich aufblühst und hoffe, dass ihr zusammen eine glückliche Zeit habt.«

»Das hoffe ich auch! Dazu sind die Elfen dieser Sippe viel freundlicher als diejenigen, unter denen ich aufgewachsen bin. Deshalb fühle ich mich hier auch sehr wohl«, erklärte Jibby. »Nun bist du auch noch hier, was mich ganz besonders freut!«

Vori'Tah nahm Jibby in die Arme und drückte sie liebevoll an sich. »Ich bin so selig, dich hier gesund und glücklich wiedergefunden zu haben, und hoffe, dass dies auch für den Rest deines Lebens so bleibt. Das wünsche ich dir von ganzem Herzen!«

»Danke!«, sagte Jibby leise mit Tränen der Rührung in den Augen. Dann drückte sie die alte Elfe noch einmal ganz fest und gab ihr einen Kuss. »Ich hoffe, dass auch du dich hier wohl fühlst.«

»Ganz bestimmt!«, versicherte Vori'Tah und streichelte zärtlich Jibbys Wangen. »Gute Nacht, meine Kleine.«

»Gute Nacht«, wünschte Jibby noch ihrer Gönnerin. Dann hob sie ab, winkte noch einmal fröhlich und schwirrte davon.

Vori'Tah blickte der jungen Elfe noch einige Zeit hinterher, bevor sie schließlich nachdenklich die Tür ihres Baumheimes schloss. Jetzt, wo Jibby und sie wieder vereint waren, bei einer neuen, freundlichen Elfensippe, sollte sie eigentlich glücklich sein. Doch die alten Erinnerungen holten sie auch hier ein und nagten an ihrem Gewissen. Vieles war damals passiert, wovon sie Jibby nie erzählt hatte. Nun waren sie ausgerechnet an dem Ort zusammengekommen, an dem alles begonnen hatte. Somit würde die junge Elfe irgendwann die Geschichte ihrer Herkunft erfahren, das war sicher! Eine Geschichte, für die Vori'Tah hauptsächlich die

Verantwortung trug, die Jibby so viel Leid und Schmerzen verursacht hatte! Heute schämte sich die alte Heilerin zutiefst für all das, was sie einst auslöste, für das Leid und die schrecklichen Vorkommnisse, die folgten und die sie nicht verhindern konnte! Wie gerne würde sie diese Vergangenheit am liebsten in einem tiefen Loch vergraben, um sich nie mehr daran erinnern zu müssen, doch Jibby hatte ein Recht darauf, die Wahrheit zu erfahren! Vori'Tah musste ihr bald davon erzählen, bevor die junge Elfe auf anderen Wegen erfuhr, was sich einst ereignete. Das war sie ihr zumindest schuldig, auch auf die Gefahr hin, dass Jibby sie danach hasste! So ließ sich die alte Heilerin mit traurigem Gesicht auf ihr Lager sinken und begann leise zu weinen.

Kurze Zeit später betrat Jibby wieder ihr eigenes Baumheim, wo Tom sie in die Arme nahm.

»Du siehst heute so glücklich aus.« Dann streichelte er über ihren Kopf.

»Das bin ich auch! Jetzt, wo Vori'Tah wieder da ist!«, antwortete sie mit leuchtenden Augen.

»Es freut mich, dass ihr beiden hier nun vereint seid. Sie ist wirklich sehr freundlich und liebenswert. Ich mag sie«, erklärte Tom.

»Du bist ihr auch sehr sympathisch«, gab Jibby zu.

»Ich bin ausgesprochen froh, dass wenigstens sie dich gut behandelt hat und sich um dich kümmerte«, meinte Tom, während er sie streichelte.

»Das bin ich auch. Ohne sie hätte ich oft nicht weiter gewusst. Sie hat mir so viel beigebracht, mich getröstet und war immer für mich da.

»Dann können Vori'Tah und ich dich zukünftig gemeinsam verwöhnen«, sagte Tom lächelnd.

»Da hätte ich nichts dagegen!«, versicherte Jibby vergnügt.

»Obwohl ...«, der junge Mann warf ihr einen skeptischen Blick zu. »Besser nicht, sonst wirst du nur noch frecher.«

»Wer, ich?«, fragte Jibby in gespielter Empörung.

»Hmmm«, summte Tom und nickte schmunzelnd.

»Das sagt ja wohl genau der Richtige«, schimpfte die Elfe scheinbar brüskiert. »Wer ist denn hier immer so frech zu mir?« Dabei stemmte sie die Arme in die Seiten.

Tom machte das harmloseste Gesicht, zu dem er fähig war und zuckte mit den Schultern. »Weiß ich nicht.«

»Du frecher Mensch bist das!« Dann zog sie ihn an den Ohren, während Tom grinsend den Kopf einzog.

»Kann gar nicht sein!«

»Oh doch!«, versicherte Jibby in gespielter Wut.

»Das liegt nur daran, dass du süß aussiehst, wenn du dich ärgerst!«, frotzelte Tom weiter, während Jibby noch kräftiger an seinen Ohren zog und scheinbar verärgert knurrte.

»Du kannst von Glück sagen, dass ich dich viel zu lieb hab' um dir jemals böse zu sein!« Darauf gab sie ihm einen langen Kuss. »Du frecher Mensch!«

Tom verstrubbelte ihr lächelnd die Haare. »Na gut, dann überlege ich mir das mit dem Verwöhnen noch einmal.«

»Das hoffe ich sehr!«, polterte Jibby und zog ihn scherzhaft an der Nase, worauf Tom sie schmunzelnd an sich drückte und ihr einen Kuss gab. So standen sie eng umschlungen beisammen und genossen die gegenseitige Nähe, bis Jibby schließlich herzhaft gähnte. »Lass uns ins Bett gehen. Letzte Nacht haben wir nur wenig geschlafen.« Als Tom genießerisch summte, wurde sie kurz verlegen. Dann warf sie ihm einen amüsierten Blick zu, den der junge Mann mit einem Zwinkern quittierte.

»Das müssen wird bald mal wieder machen.« Er warf ihr einen genüsslichen Blick zu, worauf sie erneut kurz verlegen den Kopf senkte.

»Gerne«, flüsterte sie dann mit liebevollem Blick. Wenig später lag sie neben dem jungen Mann und genoss sein zärtliches Streicheln, während sie sich an ihn schmiegte. »Ach Tom, ich kann mein Glück noch gar nicht fassen. Wir sind hier zusammen, bei diesen freundlichen Elfen, und jetzt ist sogar noch Vori'Tah hier. Viel besser kann es kaum noch werden!«

»Es freut mich, dass du so glücklich bist! Hoffentlich kannst du dann deine Vergangenheit hier hinter dir lassen«, sagte Tom und liebkoste ihr Gesicht.

»Ganz bestimmt! Auf jeden Fall war ich noch nie so glücklich wie heute.«

»Dann hoffe ich, dass das noch lange so bleibt«, meinte Tom und gab ihr einen Kuss.

»So lange du mich nicht zu oft ärgerst«, sagte Jibby schmunzelnd.

»Na, mal sehen«, antwortete Tom und kitzelte sie kurz, worauf sie kichernd zusammenzuckte.

Die Elfe warf ihm einen strafenden Blick zu, lächelte dann aber vergnügt. »Gute Nacht, du frecher Mensch!«

»Gute Nacht, du freche kleine Elfe!«, konterte Tom amüsiert und strich ihr zärtlich über die Nase.

Jibby warf ihm noch einen liebevollen Blick zu und kuschelte sich an ihn. Nach kurzer Zeit war sie eingeschlafen. Tom folgte ihr wenig später ins Reich der Träume.

Ein Vorschlag von Genji Tebbi

Der nächste Tag verlief wie gewohnt. Tom arbeitete tagsüber auf der Baustelle, während Jibby ihr Training für Zauberei und Fliegen absolvierte. Danach pflückte sie im Wald noch Früchte und Gemüse für die folgenden Tage. Tom sammelte nach der Arbeit noch Brennholz im Wald, bevor auch er ins Baumheim zurückkehrte, wo Jibby schon das Abendessen zubereitete. Nach dem Essen klopfte es an der Tür. Tom öffnete in der Erwartung, dass Vori'Tah sie besuchte, doch da stand eine unbekannte Elfe vor ihm und verbeugte sich respektvoll.

»Seid gegrüßt! Bitte verzeiht die Störung. Ich hoffe, ich komme nicht ungelegen. Mein Name ist Genji Tebbi, die Partnerin von Genjo Maran. Ich möchte Jibby gerne um einen Gefallen bitten.«

Tom verbeugte sich ebenfalls und ließ dann die Oberste eintreten. Jibby begrüßte sie freundlich und bat sie Platz zu nehmen. »Was kann ich für dich tun?«, fragte die junge Elfe höflich.

»Es geht um Yami, sie lehrt und betreut unsere Kinder. Aufgrund ihres fortgeschrittenen Alters fällt ihr die Aufgabe jedoch immer schwerer. Ich selbst kann ihr nicht helfen, denn ich pflege alte und kranke Elfen, was mich gänzlich ausfüllt, so dass mir für weitere Tätigkeiten die Zeit fehlt. Deswegen wollte ich dich fragen, ob du Yami helfen könntest, nachdem du deine Ausbildung für Magie und Fliegen abgeschlossen hast. Wenn du willst, kannst du ja einen Tag mit ihr und den Kindern verbringen, um dir ein Bild von der Aufgabe zu machen«, schlug Genji Tebbi vor. »Bitte überlege dir während der nächsten Tage, ob diese Tätigkeit eventuell für dich in Frage kommt und teile dann bitte Genjo Maran deine Entscheidung mit. Dafür wäre ich dir sehr dankbar!«

Jibby sah Genji Tebbi zuerst verunsichert an und wechselte dann einen raschen Blick mit Tom.

»Es tut mir leid, dass ich dich einfach so mit meiner Bitte überfalle. Lass dir bitte Zeit mit deiner Entscheidung. Ich möchte dich keinesfalls drängen. Falls du es nicht machen willst, ist das auch völlig in Ordnung. Wie gesagt, teile bitte meinem Partner deinen Entschluss mit«, bemerkte Genji Tebbi.

»In Ordnung ... ich werde es mir überlegen«, antwortete Jibby zögernd.

»Gut«, meinte die Oberste und nickte Jibby freundlich zu. »Vielen Dank, dass ihr mich angehört habt.« Genji Tebbi verbeugte sich leicht. »Bitte entschuldigt mich. Ich muss mich noch um einige kranke Elfen kümmern.«

»Natürlich!«, versicherte Jibby und erhob sich zusammen mit Tom und der Obersten. Dann geleiteten sie Genji Tebbi hinaus und verabschiedeten sich von ihr. Die Oberste winkte ihnen noch kurz zu, dann flog sie davon.

»Was hältst du von ihrem Vorschlag?«, fragte Jibby unsicher an Tom gewandt.

»Ich meine, dass dir das Betreuen und Lehren der Kinder sicher Spaß machen würde und du das auch gut könntest. Ich fand deinen Unterricht beim Lernen der Elfenschrift nämlich wirklich gut«, sagte Tom.

»Du bist aber kein Kind mehr«, antwortete Jibby schmunzelnd.

»Bist du dir sicher?«, fragte Tom beiläufig.

Jibby bedachte ihn mit einem amüsierten Seitenblick, behielt die Antwort aber für sich.

»Deinem Blick entnehme ich, dass du ähnlicher Meinung bist, wie die Menschenfrauen. Die behaupten auch immer, wir Männer blieben ein Leben lang kleine Kinder, oder benehmen uns zumindest entsprechend.«

»Dazu sage ich jetzt besser nichts, sonst kitzelst du mich wieder.«

»Du kennst mich schon recht gut«, meinte Tom schmunzelnd.

»Mmmmh«, summte Jibby ahnungsvoll.

»Bin ich denn so schlimm?«, fragte Tom mit Hundeblick.

»Nein, bist du nicht!«, antwortete Jibby lachend.

Tom wurde kurz ernst, als ihm ein erschreckender Gedanke kam. »Hat dir deine Sippe bezüglich des Kitzelns auch etwas Schlimmes angetan?«

»Nein, das blieb mir zum Glück erspart«, antwortete Jibby beruhigend. »Deshalb habe ich mich den Elfen aus meiner Sippe nie nackt gezeigt. Wenn die dabei herausgefunden hätten, wie kitzelig ich bin, hätten sie das sicher ausgenützt und mich damit gequält.«

»Bestimmt!«, bestätigte Tom und sah Jibby besorgt an. »Ist es für dich sehr unangenehm, wenn ich dich manchmal kitzle?«

»Aber nein!«, sprach Jibby gerührt. »Du machst das doch nur im Spaß und es tut ja auch nicht weh, also mach dir keine Sorgen, das ist schon in Ordnung.«

Darauf kehrte der Schalk in Toms Blick zurück und er begann zu grinsen.

Jibby nahm unbewusst eine Abwehrhaltung ein und trat einen Schritt zurück. »Das war jetzt aber keine Aufforderung«, sagte sie unsicher.

Tom lachte auf, zog sie zu sich her und gab ihr einen Kuss. »Schade!«, meinte er dann zwinkernd, worauf ihm Jibby einen strafenden Blick zuwarf, dann aber amüsiert lächelte.

»Ich möchte dich keinesfalls bedrängen, doch Genji Tebbis Vorschlag, einen Tag mit Yami und den Kindern zu verbringen, wäre sicher interessant und hilfreich«, bemerkte Tom.

»Da hast du wahrscheinlich recht«, meinte Jibby nachdenklich. »Wärst du mir böse, wenn ich auch noch mit Vori'Tah darüber rede?«

»Aber nein! Warum sollte ich dir denn deswegen böse sein!«, antwortete Tom beruhigend und streichelte Jibby über den Kopf. »Sprich dich ruhig mit ihr darüber aus, wenn es dir hilft.«

»Danke für dein Verständnis«, sagte Jibby leicht verlegen und gab Tom einen Kuss.

»Kein Grund sich zu bedanken. Tu' einfach das, was notwendig ist.« Dann streichelte er kurz ihre Wangen, worauf sie ihm einen dankbaren Blick zuwarf.

»Dann flieg ich am besten gleich zu ihr hinüber.«

»In Ordnung. Nimm dir so viel Zeit, wie du brauchst«, riet ihr der junge Mann.

»Mach ich«, versprach Jibby und wandte sich zur Tür, zögerte kurz, kehrte noch einmal zu ihm zurück, umarmte ihn rasch und gab ihm nochmals einen Kuss. »Danke!« Dann warf sie ihm noch einen liebevollen Blick zu und ging hinaus.

Tom sah ihr gerührt nach und musste lächeln.

Kurze Zeit später saß Jibby bei der alten Heilerin und erzählte ihr von Genji Tebbis Bitte, sowie von ihrem Vorschlag, einen Tag mit Yami und den Kindern zu verbringen.

Vori'Tah hörte geduldig zu und dachte kurz nach. »Obwohl viele Kinder in unserer früheren Sippe oft gemein zu dir waren, hast du dich doch mit den meisten von ihnen gut verstanden. Deswegen denke ich, dass du dieser Aufgabe gewachsen sein könntest, denn du magst doch Kinder.«

Jibby sah sie unsicher an und schwieg.

»Was sagt dir denn dein Gefühl?«, fragte die alte Heilerin.

»Ich bin mir nicht ganz sicher, ob ich das schaffe. Ja, ich mag Kinder wirklich gerne, aber mit meinem Selbstbewusstsein ist es noch nicht weit her, wie du weißt. Vielleicht fehlt mir noch die Kraft, ihnen genug Liebe und Geborgenheit zu geben. Ich selbst fange gerade erst an richtig zu leben, weshalb ich zur Zeit auch noch keine eigenen Kinder will. Deswegen bin ich skeptisch, ob diese Tätigkeit das Richtige für mich ist«, erklärte Jibby und sah Vori'Tah hilfesuchend an.

Die Heilerin nickte verstehend. »So gesehen hasst du natürlich recht, doch du wirst dir am Anfang die Aufgabe mit Yami teilen, wodurch du in Ruhe daran wachsen kannst. Du musst also nicht gleich ins kalte Wasser springen und die Rolle sofort ganz alleine meistern, sondern kannst dich allmählich einarbeiten. Somit wirst du die Tätigkeit schrittweise übernehmen, bis Yami sie dir eines

Tages vollständig überlässt. Bis dahin hast du sicher genug Zeit dich zurechtzufinden«, erklärte Vori'Tah.

»Da hast du wohl recht«, gab Jibby kleinlaut zu. »Daran habe ich nicht gedacht.«

»Das ist ja auch kein Wunder, denn du bist noch jung und hast nicht viel Lebenserfahrung gesammelt. Dafür gibt es ja so alte, brummige Elfen wie mich«, sagte die Heilerin zwinkernd.

»Du bist doch nicht brummig«, antwortete Jibby amüsiert.

»Dann frag einmal meine ehemaligen Patienten!«, meinte Vori'Tah und zog eine mürrische Grimasse, worauf Jibby lachen musste. »Nimm doch einfach Genji Tebbis Vorschlag an und verbringe einen Tag mit Yami und den Kindern. Dadurch merkst du sehr schnell, ob du dich dabei wohlfühlst, oder nicht«, schlug die Heilerin vor.

Jibby überlegte kurz. »Also gut, dann mache ich das.«

»Gut!«, bestätigte Vori'Tah und streichelte Jibby über die Wange. »Was sagt übrigens Tom wegen deiner Entscheidung, vorerst keine eigenen Kinder zu bekommen?«, fragte sie nach einer kurzen Pause.

»Der ist damit einverstanden, denn auch er hat in seinem Leben einiges vermisst, was er nun nachholen möchte«, antwortete die junge Elfe.

»Dann seid ihr euch also einig. Das ist erfreulich!«, gab Vori'Tah zu, worauf Jibby bekräftigend nickte. »Ich bin so froh für dich, dass du so einen guten und lieben Partner gefunden hast!« Dabei streichelte sie eine Hand der jungen Elfe.

»Das bin ich auch. Hoffentlich bleiben wir noch lange beisammen!«, meinte Jibby.

»Ich nehme an, du weißt, dass Elfen deutlich älter werden als Menschen«, bemerkte die Heilerin.

»Ich habe schon davon gehört, doch im Moment bin ich einfach nur froh, mit Tom zusammen zu sein, egal wie viel gemeinsame Zeit uns bleibt.«

»Das ist wohl die beste Einstellung, die du dazu haben kannst«, versicherte Vori'Tah.

Als Jibby aus dem Fenster sah, bemerkte sie, dass die Elfen bereits die Laternen entzündeten. »Oh, es ist schon spät. Ich sollte zu Tom zurückfliegen, bevor es ganz dunkel ist.« Sie wandte sich wieder Vori'Tah zu. »Vielen Dank für deinen Rat und deine Hilfe!«

»Gern geschehen, meine kleine Jibby!«, antwortete die Heilerin und umarmte die junge Elfe zum Abschied. »Ich bin immer für dich da, wenn du mich brauchst.«

»Danke«, flüsterte Jibby gerührt und gab Vori'Tah einen Kuss. »Gute Nacht, schlaf gut!«, rief sie, als sie zur Tür hinaus ging.

Die alte Heilerin gab den Gruß freundlich zurück und winkte kurz, dann war die junge Elfe auch schon davon geflogen. Wenig später landete sie wieder bei Tom und berichtete ihm von ihrem Gespräch und ihrer Entscheidung. Der freute sich darüber, dass sie so vielleicht eine passende und angenehme Tätigkeit für sich finden würde und begrüßte ihren Entschluss. Sie redeten noch kurz über die Sache und gingen darauf zu Bett.

Vorfreude

An diesem Tag arbeitete Tom wieder auf der Baustelle, während Jibby ihre Ausbildung fortsetzte. Danach bat sie jedoch Karam'Gor und Nobur um einen Tag Aufschub, damit sie am nächsten Morgen Yami und die Kinder begleiten konnte. Beide Lehrer waren einverstanden, worauf Jibby noch zu Genjo Maran flog. Der bat sie um ein wenig Geduld, da er gerade noch mit mehreren Elfen im Gespräch war. So wartete die junge Elfe ab, bis der Oberste Zeit für sie hatte. Etwas später bat er sie dann zu sich herein.

»Bitte entschuldige, dass ich dich warten ließ!«, bat Genjo Maran um Verzeihung.

»Ist schon in Ordnung. Du musst ja schließlich auch deine Arbeit machen«, erwiderte Jibby verständnisvoll, worauf sich der Oberste mit einer angedeuteten Verbeugung bedankte.

»Was kann ich für dich tun?«, fragte Genjo Maran freundlich.

»Genji Tebbi war gestern bei mir und fragte mich, ob ich Yami helfen könnte. Sie bot mir an, die Betreuerin und die Kinder einen Tag lang zu begleiten, was ich morgen gerne tun will.«

»Das freut mich! Die alte Yami kann gerade jede Hilfe gebrauchen. Danke, dass du ihr beistehen willst! Komm bitte morgen früh, wenn die Sonne über die Bäume steigt zu mir, dann bringe ich dich zu Yami«, sagte Genjo Maran.

»In Ordnung«, bestätigte Jibby.

»Ich hoffe, du fühlst dich wohl bei dieser Tätigkeit!«, sagte der Oberste.

»Das hoffe ich auch«, antwortete die Elfe.

»Gut, dann sehen wir uns morgen früh. Ich wünsche dir noch einen schönen Tag!«, sagte Genjo Maran.

»Danke, wünsche ich dir auch! Bis morgen!«, verabschiedete sich Jibby fröhlich, dann war sie auch schon hinausgegangen und flog ab. Kurze Zeit danach landete sie bei ihrem Baumheim. Da Tom etwas später kam, bereitete sie das Abendessen vor. Am Abend saßen die beiden noch zusammen und sprachen über Jibbys Vorhaben.

»Ich freue mich schon auf den morgigen Tag und bin gespannt, wie ich mit den Kindern zurechtkomme«, meinte Jibby aufgeregt.

Tom nahm sie in den Arm. »Du wirst bestimmt eine Menge Spaß mit den Kleinen haben, da bin ich mir sicher!«

»Hoffentlich!«, sagte Jibby ein wenig unsicher. »Wie Yami wohl mit den Kindern umgeht?«

»Wahrscheinlich ist sie eine alte, strenge, schrullige Elfe, die den Kindern die Ohren langzieht!«, scherzte Tom schmunzelnd.

Jibby bedachte ihn mit einem strafenden Blick. »So schlimm wird sie schon nicht sein!« Dann begann sie zu grinsen. »Sonst schicke ich sie zu dir, damit sie dir auch die Ohren langzieht!«

»So, so, das würdest du also tun?«, fragte Tom scheinbar entsetzt.

»Hmmm«, summte Jibby und nickte bestätigend.

»Au weia!«, rief Tom und machte ein zunehmend verdattertes Gesicht, worauf die Elfe lachen musste. »Du bist gemein!«

»Und du bist viel zu frech!«, schimpfte Jibby in gespieltem Ärger.

»Gar nicht wahr!«, brummte Tom scheinbar beleidigt.

»Oh doch!«, versicherte die Elfe amüsiert.

Der junge Mann zog ein Schmollgesicht.

»Du brauchst mich gar nicht so anzuschauen!«, meinte Jibby vergnügt.

»Was kann ich denn da tun?«, fragte Tom vermeintlich reuevoll.

»Mich zum Beispiel ein wenig verwöhnen!«

»Na gut!« Darauf zog er die Elfe mit einer raschen Bewegung zu sich her, worauf sie mit einem Aufschrei auf seinem Schoß zu liegen kam. Instinktiv schlang sie die Arme um ihren Bauch, weil sie befürchtete, dass er sie gleich kitzeln würde. Doch Tom legte rasch eine Hand in ihren Nacken, hob ihren Kopf an und küsste sie leidenschaftlich, worauf sich Jibbys Anspannung löste und sie ihn schließlich umarmte, während beide sich weiter küssten. Ihre

Lippen trennten sich erst nach längerer Zeit. »War das richtig so?«, fragte Tom zwinkernd.

»Bestens!«, antwortete Jibby amüsiert und warf ihm einen liebevollen Blick zu. »Darf ich noch mehr davon haben?«

»So viel du willst!«, meinte Tom und hob die überraschte Elfe hoch, während sie ihn weiter umarmte. Dann trug er sie zum Bett, wo er sie sanft ablegte und wieder voller Hingabe küsste. So lagen sie erneut einige Zeit eng umschlungen beisammen, bis Jibby ihre Umarmung löste und sich aufrichtete.

»Hilfst du mir aus meinem Kleid?«, fragte sie ein wenig verlegen.

»Gerne!«, versicherte Tom und erfüllte ihre Bitte. Dann half auch sie ihm aus seiner Kleidung. Der junge Mann zog sie zu sich her, küsste und liebkoste sie zärtlich. Jibby genoss zuerst seine sanften Berührungen, dann verwöhnte sie auch Tom auf die gleiche Weise. Schließlich legte sie sich auf ihn, wobei ihr die großflächige Berührung mit seiner nackten Haut wieder ein angenehmes Kribbeln durch den Körper jagte. Sie streichelte sein Gesicht, während Tom ihren Rücken mit den zusammengefalteten Flügeln und die Seiten ihres Oberkörpers mit sanften Berührungen überzog. Wieder waren beide glücklich über die gegenseitige Nähe und Zärtlichkeit und genossen sie gänzlich. So versanken sie erneut in einem Ozean voller angenehmster Gefühle, tauchten in wunderbarem Rausch immer tiefer darin ein und verblieben dort für längere Zeit in absolutem Hochgefühl, bis sie erst spät in der Nacht wieder daraus auftauchten und in einen seligen Schlaf fielen.

Ein Tag bei Yami

Obwohl Tom in der vergangenen Nacht nur wenig Schlaf gefunden hatte, wachte er an diesem Morgen rechtzeitig auf. Jibby schlief noch tief und fest neben ihm. Da sie noch etwas Zeit hatten, blieb er liegen und genoss die Berührung ihres nackten Körpers. Doch schließlich musste er sie aufwecken, damit sie rechtzeitig bei Genjo Maran eintraf. So rüttelte er sie sanft, worauf die Elfe nur protestierend brummte und sich zur Seite drehte. Tom musste lächeln, als er sie ein weiteres Mal rüttelte. Wieder brummte sie nur und zog die Decke hoch. Der junge Mann schüttelte amüsiert den Kopf und beugte sich über sie. »Hey, aufwachen, du kleine Schlafmütze«, sagte er halblaut. Doch Jibby zog sich nur brummelnd die Decke über den Kopf. So schob Tom die Hand unter die Decke und streichelte sanft über ihren nackten Bauch. Jibby zuckte leicht und wischte mit einer energischen Bewegung seine Hand weg.

»Hör auf«, maulte sie schlaftrunken.

»Nur wenn du aufstehst«, konterte Tom amüsiert.

»Ich bin doch noch so müde«, brummte die Elfe.

»Ich weiß«, antwortete Tom verständnisvoll. »Wenn du aber rechtzeitig bei Genjo Maran sein willst, musst du jetzt aufstehen.«

»Wirklich?«, maulte Jibby und blinzelte verschlafen.

»Leider ja!«, bestätigte Tom lächelnd und gab ihr einen Kuss.

Als die Elfe an sich herunter sah und bemerkte, dass sie völlig unbekleidet war, wurde sie kurz verlegen. »Danke fürs Verwöhnen letzte Nacht«, flüsterte sie.

»Gern geschehen!«, antwortete Tom leise und streichelte über ihren Kopf.

Jibby drehte sich um, schmiegte sich an ihn, legte die Arme um seinen Hals und drückte den jungen Mann an sich, während sie ihm einen Kuss gab. »Das war wirklich schön«, flüsterte sie mit verliebtem Blick.

»Auch für mich!«, versicherte Tom gerührt und streichelte sie zärtlich.

»Das darfst du gerne bald wieder machen«, meinte Jibby und lächelte vergnügt.

»Mach ich!«, versprach Tom und strich ihr mit dem Zeigefinger über die Nase. »Jetzt aber raus aus den Federn!«

»Na gut!«, maulte Jibby und erhob sich umständlich.

Etwas später beendeten sie ihr gemeinsames Frühstück.

»Ich wünsche dir alles Gute und hoffe, dass du mit Yami und den Kindern angenehme Erfahrungen machst!«, sagte Tom zum Abschied und streichelte Jibby über den Kopf.

Die Elfe bedankte sich verlegen und gab ihm noch einen Abschiedskuss, bevor sie winkend abhob.

Tom machte sich auf den Weg zur Baustelle und hoffte, dass Jibby einen glücklichen Tag erlebte.

Wenig später landete Jibby bei Genjo Maran, der sie gleich darauf zu Yami mitnahm. Dort stellte der Oberste die junge Elfe der Betreuerin vor, die sie herzlich empfing und sogleich mit den Kindern bekanntmachte. Jibby fühlte sich sofort wohl und verstand sich gut mit der jungen Schar, was nicht zuletzt daran lag, dass sich Yami mit rührender Sorgfalt und milder Strenge um die Kinder kümmerte. Während eines Ausfluges in den nahen Wald konnte Jibby den Kleinen bereits einige ihrer Kenntnisse vermitteln, wodurch sie bei den Sprösslingen auch bald beliebt war. So verbrachte Jibby eine angenehme Zeit mit den Kindern und war fast schon traurig, als diese nachmittags von ihren Eltern abgeholt wurden. Danach saß sie noch mit Yami zusammen, um die Eindrücke ihrer heutigen Begegnung zu schildern.

»Du hast dich wirklich gut mit den Kindern verstanden«, meinte Yami.

»Ich habe mich auch sehr wohl gefühlt«, bestätigte Jibby erfreut.

»Allerdings habe ich in deinen Augen öfter Sehnsucht und Schmerz gesehen. Du hattest wohl keine angenehme Kindheit«, bemerkte Yami besorgt.

Jibby sah sie zuerst überrascht an und senkte dann traurig den Blick. »Das stimmt«, gab sie leise zu.

»Bitte verzeih meine Offenheit. Ich möchte dir nicht zu nahe treten, doch ich mache mir Sorgen, ob dir deshalb der Umgang mit den Kindern nicht zu schmerzvoll wird, denn meist wird man von den unangenehmen Erinnerungen wieder eingeholt. Versteh mich bitte nicht falsch. Ich war sehr erfreut, dass du mit den Kindern so freundlich und liebevoll umgegangen bist, und möchte dir dies keinesfalls verwehren, doch ich will auch nicht, dass du darunter leidest, weil du an unliebsame, schmerzliche Erlebnisse erinnert wirst.«

Jibby schwieg verunsichert. Einerseits hatte sie sich unter den Kindern sehr wohl gefühlt und Yamis liebenswerten Umgang mit den Kleinen genossen. Andererseits hatte es sie durchaus geschmerzt, dass sie selbst solche Erfahrungen als Kind nie gemacht hatte. Das wurde ihr jetzt klar.

»Ich hoffe, ich habe dir nicht wehgetan«, sagte Yami sorgenvoll.

Jibby schüttelte den Kopf. »Nein, das hast du nicht. Im Gegenteil! Es freut mich, dass du so einfühlsam und verständnisvoll bist. Das habe ich bisher nur selten erfahren«, sagte Jibby mit gesenktem Blick.

»Oje, was haben sie dir nur angetan!« Die alte Elfe strich ihr betroffen über den Kopf. Sie spürte deutlich, dass sich hinter Jibbys beherrschter Fassade viel Schmerz verbarg. »Was es auch immer war, du kannst jederzeit zu der alten Yami kommen und ihr dein Herz ausschütten.« Dann streichelte sie zärtlich eine Wange der jungen Elfe.

Jibbys Augen wurden vor Rührung feucht und sie bedankte sich leise. So wurde ihr auch klar, weshalb die alte Elfe bei den Kleinen so beliebt war. Ihre Feinfühligkeit zeigte ihr stets, wie sich jedes einzelne Kind fühlte, worauf sie entsprechend einging und mit viel Verständnis und Geduld reagierte. Yami war wirklich eine sehr liebenswürdige und empathische Elfe. Bei ihr würde sicher auch Jibby Trost und einen guten Rat finden, wann immer sie Hilfe benötigte.

»Denk einfach in Ruhe nach und komm zu mir, wenn du dich entschieden hast oder du nochmals darüber reden willst. Ich bin dir auch nicht böse, wenn du sagst, dass dir der Umgang mit den Kindern zu schmerzvoll ist. Wie immer du dich entscheidest, es ist in Ordnung!«, versicherte Yami freundlich.

»Danke für dein Verständnis und die angebotene Hilfe«, sagte Jibby gerührt.

»Dafür sind so alte und schrullige Elfen schließlich da!«, meinte Yami zwinkernd, was Jibby ein amüsiertes Lächeln entlockte. »Pass gut auf dich auf. Ich hoffe, du findest hier dein Glück!«, wünschte die alte Elfe liebevoll.

»Das habe ich schon!«, versicherte Jibby bewegt.

»Das freut mich sehr!«, gab Yami erleichtert zurück. »Ich wünsche dir noch einen schönen Tag!«

»Das wünsche ich dir auch! Bis bald!«, rief Jibby dankbar und winkte beim Abflug. Später ließ sie das Erlebte und das Gespräch mit der alten Elfe nicht los, während sie sich im Baumheim ausruhte. Wieder war sie gerührt von Yamis liebevollem Umgang mit den Kindern. Gleichzeitig überkamen sie jedoch auch die Sehnsucht und die Pein über die vermisste Liebe im Laufe ihrer Kindheit und Jugend. Wie eine riesige Welle schlug die unangenehme Erinnerung plötzlich über ihr zusammen, überrollte sie und verursachte massive seelische Schmerzen! Jibby legte die Hände vors Gesicht und wurde auf einmal von einem heftigen Weinkrampf geschüttelt! Die Gedanken an ihre schreckliche Vergangenheit taten diesmal so furchtbar weh, dass die Tränen in Strömen flossen und gar nicht mehr aufhören wollten. Tom fand sie wenig später in diesem Zustand vor und nahm sie erschrocken in den Arm, worauf sie sich an ihn klammerte und weiter heftig weinte. Es dauerte lange, bis sie sich wieder halbwegs beruhigt hatte und ansprechbar war.

»Was ist denn passiert? War irgendjemand gemein oder böse zu dir?«, fragte Tom besorgt.

Jibby schüttelte den Kopf, denn sprechen konnte sie noch nicht, dafür war sie zu überwältigt von ihren heftigen Gefühlen. Erst einige Zeit später versiegten schließlich die Tränen und sie fand ihre Sprache wieder. Darauf erzählte sie Tom von ihrer Zeit bei Yami und den schmerzhaften Erinnerungen, die dadurch ausgelöst wurden, welche letztlich die extreme Trauer verursacht hatten. »Ich hatte mich doch so auf diese Tätigkeit gefreut und nun hat das alles plötzlich so wehgetan, dass ich Yami wohl doch nicht helfen kann. Ich glaube, ich bin wirklich zu nichts zu gebrauchen!«, meinte Jibby traurig.

»Das stimmt doch gar nicht!«, antwortete Tom freundlich aber bestimmt. »Du hast doch diese Schmerzen nur, weil die Elfen deiner früheren Sippe damals so gemein und grausam zu dir waren! Du kannst doch nichts dafür, dass dich diese Gefühle nun überkommen. Das wäre jedem anderen genauso ergangen! Nein, dafür brauchst du dich nicht schuldig zu fühlen. Du musst nur Geduld haben und dich weiter umsehen. Dann wirst du bald schon eine Tätigkeit finden, die dir gut liegt und welche dir Spaß macht! Jeder hat bestimmte Talente und Fähigkeiten. Man muss sie nur entdecken und fördern. Dich hat man bisher nur unterdrückt und für dumm verkauft, da kannst du doch deine Talente gar nicht finden! Bitte glaub' nicht, was diese boshaften Elfen zu dir gesagt haben. Du bist nicht dumm und unfähig, ganz gewiss nicht!«

Jibby sah ihn gerührt an und bedankte sich leise. Dann wanderte ihr Blick in die Ferne. »Es gab Tage, da konnte ich meiner Ziehmutter nichts recht machen. Was ich auch tat, es war falsch! Dann hat sie mich oft beschimpft und mir gesagt ich sei zu nichts nütze und würde ihnen nur Schwierigkeiten machen. Mehrmals hat sie sogar gesagt, ich hätte das Schlechte in ihr Heim gebracht! Zur Strafe bekam ich den ganzen Tag nichts zu essen, weil ich so unfähig wäre und mir kein Essen verdient hätte. Einmal hatte ich später im Bett solchen Hunger, dass ich sie angefleht habe, mir wenigstens ein kleines Stückchen Obst zu geben. Darauf hat mich mein Ziehvater furchtbar verprügelt...« Ihr versagte kurz die Stimme. Dann erzählte sie weiter. »Oft durfte ich an den folgenden Tagen das Baumheim nicht verlassen, was besonders schlimm war, denn dadurch war ich die ganze Zeit meinem Ziehvater ausgesetzt, der keine Gelegenheit ausließ, mich zu beschimpfen und zu demütigen. Vor lauter Angst sind mir in dieser Zeit noch mehr Missgeschicke passiert, weshalb ich wieder bestraft wurde...« Jibby begann erneut leise zu weinen und schmiegte sich an Tom, der sie sanft streichelte. »Es war so schrecklich!«, flüsterte sie unter Tränen und umklammerte ihren Partner wieder fest, während die Trauer und der Schmerz abermals aus ihr flossen.

Der junge Mann schüttelte fassungslos den Kopf. »Was haben sie dir nur angetan!« Dann drückte er Jibby fest an sich. Tom war selbst den Tränen nah, als er auf diese Art wieder einmal Zeuge ihres erlebten Martyriums wurde. Kein Wunder fühlte sich die Elfe immer noch wertlos und unfähig! »Das tut mir alles so leid, aber ich verspreche dir, dass niemand mehr grausam oder böse zu dir sein wird, solange ich es verhindern kann. Nein, du bist nicht dumm und nutzlos! Im Gegenteil! Du bist sogar etwas ganz Besonderes! Außerdem bist du so liebenswürdig, freundlich, gütig, fröhlich und hilfsbereit, dass es ausgesprochen schwerfällt, dich nicht zu lieben!«

Jibby sah ihn mit großen, feuchten Augen an und schluckte heftig. Toms Gesichtsausdruck machte klar, dass er das Gesagte absolut ernst meinte! »So etwas Liebes hat noch nie jemand zu mir gesagt!«, flüsterte die Elfe gerührt.

»Dann wurde es höchste Zeit, dass es einmal ausgesprochen wurde!«, antwortete Tom bestimmt.

Jibby bedankte sich leise und gab ihm einen Kuss. Dann umarmte sie ihn eine Weile.

So saßen sie eng umschlungen beieinander und genossen die Nähe des anderen.

»Wie gesagt ist es am besten, wenn du weitere Tätigkeiten ausprobierst, so wie es die jugendlichen Elfen tun. Das hat mir zumindest Genjo Maran erzählt«, sagte Tom.

»Da hast du wohl recht«, stimmte Jibby ihm zu.

»Keine Sorge, du wirst schon etwas Passendes für dich finden.« Er begann zu grinsen. »Kochen kannst du ja bereits ganz gut! Auf jeden Fall besser als ich.«

Jibby bedachte ihn mit einem amüsierten Blick. »Na gut! Dann schaue ich mich nach einer anderen Tätigkeit um und bringe dir inzwischen das Kochen bei.«

»Stell dir das nicht so einfach vor! Da kann es schnell passieren, dass ich das Baumheim in Brand setze«, drohte Tom scherzhaft.

»So ungeschickt wirst du schon nicht sein«, meinte Jibby hoffnungsvoll.

»Sei dir da mal nicht so sicher«, antwortete der junge Mann ahnungsvoll.

»Keine Sorge, das schaffe ich schon!«, versicherte die Elfe schmunzelnd.

»Wahrscheinlich jagst du mich dann mit dem Kochlöffel durch die Gegend!«, witzelte Tom.

Bei dieser Vorstellung musste Jibby lachen.

»Also gut, du kannst es ja mal versuchen«, willigte Tom schließlich lächelnd ein und umarmte Jibby.

»Mach ich!«, meinte die Elfe schmunzelnd und gab ihm einen Kuss. »Dann sage ich morgen Yami Bescheid, dass ich ihr vorerst nicht helfen kann.«

»Soll ich dich begleiten?«, fragte Tom behutsam.

»Danke, das ist lieb von dir, aber das schaffe ich alleine.«

»In Ordnung«, antwortete der junge Mann und streichelte Jibby über den Kopf.

»Dann kannst du mir ja gleich beim Kochen helfen!«, sagte die Elfe und zwinkerte vergnügt.

»Au weia!«, gab Tom skeptisch zurück, was Jibby erneut zum Lachen brachte. Schließlich stellte er sich dann doch nicht so ungeschickt an, wie er zuerst vermutet hatte, und half seiner Partnerin bei der Zubereitung des Abendessens, das wieder sehr gut schmeckte. Da beide sehr erschöpft vom Tag waren, gingen sie bald zu Bett. Als sie dann nebeneinander lagen, war Tom recht nachdenklich.

»Was ist los? Bedrückt dich irgendetwas?«, fragte Jibby besorgt.

Der junge Mann wandte sich ihr zu. »Entschuldige! Ich wollte nicht abweisend sein. Ich habe mich nur gerade gefragt, was du heute für deine Zieheltern empfindest, nachdem sie dich über diese lange Zeit so schlecht behandelt haben. Fühlst du keine Wut oder gar Hass ihnen gegenüber?«

Die Elfe sah ihn erschrocken an. »Nein, Wut oder Hass empfinde ich nicht«, sagte sie verwundert. »Ich habe mich nur lange Zeit gefragt, warum sie mich so schlecht behandelten, fand jedoch nie eine Antwort auf diese Frage, weshalb ich es schließlich aufgegeben habe, darüber nachzudenken. Ich bin ihnen deswegen nicht böse, nur sehr enttäuscht und immer noch schockiert von ihrem Verhalten, wobei ich hoffe, dass ich selbst niemals die gleichen Fehler mache.«

»Das wird sicher nicht passieren, denn dafür bist du viel zu liebenswürdig!«, versicherte Tom und streichelte Jibby sanft, die darauf kurz verlegen den Blick senkte und sich leise bedankte. Dann kuschelte sie sich an den jungen Mann und genoss mit einem verliebten Lächeln seine zärtlichen Berührungen, bis sie in seinen Armen einschlief. Tom lag beschämt neben ihr, denn er hätte wohl deutlich aggressivere Gefühle für die Zieheltern empfunden. Dass Jibby keinerlei Hass fühlte, obwohl sie ein solches Martyrium erlitten hatte, war ausgesprochen beeindruckend! Daran wollte er sich künftig ein Beispiel nehmen! Sicher dachten nicht alle Elfen so, vor allem nicht diejenigen ihrer ehemaligen Sippe, was wiederum bestätigte, dass Jibby wirklich etwas ganz Besonderes war! Tom war stolz auf sie und sehr froh, dass er mit einer so lieben Partnerin zusammen leben durfte. Mit diesen glücklichen Gedanken schlief auch er bald ein.

Einladung zur Feier

Der nächste Tag verlief wieder wie gewohnt. Tom ging zur Baustelle, während Jibby ihre magische Ausbildung und ihr Flugtraining fortsetzte. Dabei machte sie gute Fortschritte und war inzwischen längst nicht mehr so unbeholfen wie in den Tagen, als sie Tom kennengelernt hatte, was ihre Selbstachtung weiter anhob. Nach dem Unterricht besuchte sie noch Yami, um ihre Entscheidung mitzuteilen. Die alte Elfe begrüßte sie auch diesmal sehr herzlich.

»Nun, wie ist es dir nach dem Tag mit den Kindern ergangen?«, fragte Yami freundlich.

Jibby senkte den Blick, bevor sie antwortete. »Du hattest recht mit deiner Vermutung. Die schmerzlichen Erinnerungen an meine Jugend und die damit verbundene Sehnsucht haben mich tatsächlich überwältigt!«

Yami nahm eine Hand der jungen Elfe und streichelte diese liebevoll, während sie Jibby einen mitleidigen Blick zuwarf. »Das tut mir leid«, sagte sie leise. »Dann kannst du die Kinder natürlich nicht betreuen, sondern musst erst einmal mit dir selbst ins Reine kommen. Wenn ich dir irgendwie behilflich sein kann, dann zögere bitte nicht und komm zu mir. Ich bin jederzeit für dich da!«, versicherte die alte Elfe.

Jibby bedankte sich gerührt. »Es tut mir leid, dass ich dir nicht helfen kann«, sagte sie bedrückt.

»Das ist völlig in Ordnung, dafür brauchst du dich nicht zu schämen!«, versicherte Yami verständnisvoll. »Du solltest erst über deinen Schmerz hinwegkommen und zu dir selbst finden, denn du hast wohl einiges durchgemacht, und musst dies zuerst verarbeiten. Nimm dir die Zeit dafür und sieh dich in Ruhe um. Sicher wirst du eines Tages deinen Platz unter den Elfen entdecken«, meinte die alte Elfe zuversichtlich, während sie sanft Jibbys Hand drückte. »Ich hoffe, du hast wenigstens einen verständnisvollen Partner, der dich unterstützt«, sagte Yami nach einer kurzen Pause.

»Oh ja, ich könnte mir keinen besseren Gefährten vorstellen!«, beteuerte Jibby.

»Das freut mich! Dann wünsche ich dir alles Gute für die Zukunft, und wie gesagt, kannst du jederzeit zu mir kommen, wenn du Hilfe oder einen Rat brauchst«, sagte Yami mit einem warmherzigen Lächeln.

Jibby bedankte sich noch einmal verlegen und verabschiedete sich dann gerührt von der alten Elfe. »Ich hoffe, du findest bald jemanden, der dir hilft die Kinder zu betreuen.«

»Da mach dir mal keine Sorgen! Es gibt genug kinderliebe Elfen, die mir zur Seite stehen können. Da wird sich bestimmt bald jemand finden!«, versprach Yami zuversichtlich.

»Das hoffe ich. Auch dir noch alles Gute!«, rief Jibby, bevor sie abflog und Yami noch kurz zuwinkte. Danach musste die junge Elfe erst einmal ihre Gefühle ordnen, weshalb sie im Wald Nahrung für die kommenden Tage sammelte. Als sie sich wieder gefasst hatte, flog sie zum Baumheim zurück, wo Tom auch gerade eintraf.

»Na, wie ist es dir heute ergangen?«, fragte der junge Mann, nach einer liebevollen Begrüßung.

»Danke gut! Karam'Gor und Nobur haben mir versichert, dass ich gute Fortschritte mache, und meine Ausbildung bald abschließen kann«, sagte Jibby fröhlich.

»Das ist toll!«, rief Tom begeistert und umarmte die Elfe. »Ich bin stolz auf dich!«

Jibby senkte kurz verlegen den Blick und bedankte sich.

»Wie lief es bei Yami?«, fragte der junge Mann darauf besorgt.

»Sie war sehr liebenswürdig und verständnisvoll, hat mir sogar ihre Hilfe angeboten«, antwortete Jibby berührt. »Sie hat das Gleiche gesagt, wie du, nämlich dass ich erst noch meinen Platz unter den Elfen finden muss, und dass ich mir dafür genügend Zeit nehmen soll.«

»Na siehst du! Du bist also weder dumm, noch unfähig, sondern musst einfach nur deine Talente noch entdecken! Auch wegen deiner fehlenden Kenntnisse in Magie und beim Fliegen war nur ein wenig Übung notwendig, damit du so gut wirst, wie die anderen Elfen! Du hast das alles in sehr kurzer Zeit gelernt, was sicher nur wenigen Elfen gelungen wäre, deswegen hast du allen Grund, stolz auf dich zu sein!«, versicherte Tom und streichelte Jibbys Kopf, worauf sie sich nochmals verlegen bedankte und sich dann an ihn schmiegte.

»Du hast nur eine kleine Schwäche.« Die Elfe hob den Kopf und sah ihn fragend an. Tom pikste sie schmunzelnd mit dem Zeigefinger in die Seite.

Jibby zuckte kichernd zusammen, ließ ihn los und stemmte in gespielter Wut die Arme in die Seiten. »Die du immer ausnützt!«, schimpfte sie scheinbar empört.

»Stimmt!«, gestand Tom grinsend.

»Frecher Mensch!«, brummte Jibby und gab ihm einen Kuss.

Darauf ließen sich beide das Abendessen schmecken. Nach der Mahlzeit klopfte jemand an die Tür. Tom öffnete vorsichtig und sah Genjo Maran vor sich stehen. Er begrüßte den Obersten und bat ihn eintreten.

Auch Jibby begrüßte ihn freundlich. »Was führt dich zu uns?«, fragte sie neugierig.

»Ich möchte euch zu einer Feier am morgigen Abend einladen, wo ihr beide und Vori'Tah in unsere Sippe aufgenommen werdet«, antwortete Genjo Maran.

»Du willst an uns das Taam'Gor Ritual durchführen?«, wollte Jibby wissen.

Der Oberste nickte. »Ganz genau!«

Toms Blick wanderte zwischen Jibby und Genjo Maran hin und her, denn im Moment verstand er nicht, wovon die beiden redeten.

»Vielen Dank, dass du uns diese Ehre schon jetzt zuteilwerden lässt!«, sagte Jibby beeindruckt und verbeugte sich leicht.

»Die besondere Situation verlangt es, denn somit kann ich euch noch besser vor deiner ehemaligen Sippe schützen«, erklärte der Oberste.

»Danke, das ist sehr freundlich von dir!«, meinte Jibby ein wenig verlegen.

Genjo Maran bemerkte Toms fragenden Blick und wandte sich ihm zu. »Ich nehme an, du verstehst gerade nicht, wovon wir reden«, sagte er behutsam.

Der junge Mann schüttelte den Kopf. »Nein, das tue ich tatsächlich nicht!«

»Jeder Elf bekommt kurz nach seiner Geburt, oder nach dem Beitritt in eine neue Sippe, eine magische Signatur, die ihn als zukünftiges Mitglied der Sippe ausweist. Diesen Vorgang nennen wir das Taam'Gor Ritual. Der Schamane der Sippe überträgt mit einem kurzen Zauber die Signatur auf das neue Mitglied. Damit untersteht dessen Sicherheit und Hilfe bei Streitigkeiten einzig dem Obersten der Sippe, wodurch keine andere Sippe mehr Einfluss auf ihn nehmen kann. Taam'Gor war einst ein großer Schamane, dessen Name bis heute von allen Elfen geehrt wird. Er führte einstmals dieses Ritual ein, weshalb es seinen Namen trägt. Natürlich wirst auch du als Mensch diese magische Signatur erhalten, wenn du damit einverstanden bist, womit wir dich zum Mitglied unserer Sippe ernennen. Keine Sorge, das kurze Ritual ist vollkommen schmerzlos. Wahrscheinlich wirst du nicht einmal etwas spüren, da du keine magischen Kräfte besitzt«, erklärte Genjo Maran.

»Ich verstehe!«, meinte Tom. »Danke für die Erklärung. In diesem Fall würde ich mich auch geehrt fühlen, Mitglied eurer Sippe zu werden!«

»Das freut mich!«, antwortete der Oberste. »Dann erwarte ich euch morgen am frühen Abend in der Mitte der Siedlung.«

»Soll ich Vori'Tah auch gleich Bescheid sagen?«, fragte Jibby.

»Die habe ich auf dem Weg hierher bereits eingeladen«, sagte Genjo Maran. »Trotzdem, danke für deine angebotene Hilfe! Ich wünsche euch noch einen angenehmen Abend, und verzeiht bitte die späte Störung.«

»Aber nein, wir bedanken uns für die Einladung!«, antwortete Tom. »Auch dir noch einen angenehmen Abend!«

Genjo Maran deutete eine Verbeugung an und verabschiedete sich dann höflich von Tom und Jibby.

»Muss ich für dieses Ritual eine spezielle Kleidung tragen?«, fragte der junge Mann, nachdem der Oberste abgeflogen war.

Jibby schüttelte den Kopf. »Nein, du kannst anziehen, was du möchtest. Das machen alle Elfen so.« Darauf hüpfte sie mehrmals auf und ab. »Ich freue mich schon so! Dann sind wir gänzlich Mitglieder dieser Sippe, wodurch mein ehemaliger Elfen-Klan keine Macht mehr über Vori'Tah und mich hat!«

»Wie meinst du das? Welche Macht haben sie denn noch über euch?«, fragte Tom verwundert.

»Solange wir Mitglieder einer Sippe sind und deren Signatur tragen, müssen wir die Befehle und Urteile der Obersten dieses Klans befolgen. Deshalb hätte Genjo Maran Taraf und Kano eigentlich nicht bestrafen dürfen, denn nur die Obersten ihres eigenen Klans sind berechtigt über sie richten. Das Gleiche gilt auch für Vori'Tah und mich. Während wir noch die Signatur unserer bisherigen Sippe tragen, müssen wir den Urteilen der Obersten dieser Sippe gehorchen, sofern sie rechtens sind. Tun wir das nicht, entzieht man uns die Signatur der Sippe und verstößt uns. Verstoßene Elfen werden jedoch nur selten von einer neuen Sippe aufgenommen. Meist bleibt den Verstoßenen nur ein einsames, hartes Leben, das sie nicht lange durchhalten.«

Tom sah Jibby erschrocken an. »Sind denn schon Elfen verstoßen worden?«

»Ich selbst kenne keine Elfen, denen das passiert ist, doch es gibt einige Geschichten über verstoßene Elfen. Wie viel davon der Wahrheit entspricht, kann jedoch niemand sagen. Es ist auch nicht gerade einfach, einen Elf zu verstoßen. Dazu muss ein Rat aus mehreren Klans einberufen werden, wobei der beschuldigte Elf ihnen seinen Geist öffnen muss, um seine Schuld zu ermitteln. Erst wenn alle Ratsmitglieder zustimmen, wird der Elf verstoßen«, erklärte Jibby.

»Das heißt, dass nicht die Obersten einer Sippe allein den Elf verstoßen dürfen, sondern dass dazu das Urteil der Obersten aus mehreren Sippen notwendig ist«, bemerkte Tom.

»Genau so ist es!«, bestätigte Jibby.

»Was ist, wenn die Obersten einer Sippe trotzdem keinen Rat einberufen und den Elf eigenmächtig verstoßen?«, fragte der junge Mann.

»Dann kann der Verstoßene bei einer anderen Sippe um Hilfe bitten. Wenn er den Obersten dort seinen Geist öffnet, sehen die sehr schnell, dass der Elf zu Unrecht verstoßen wurde. Dann werden die Obersten, die ihm das angetan haben, von einem Elfenrat abgesetzt und verstoßen, während der zuvor verstoßene Elf einen fairen Prozess vor dem Rat bekommt.«

»Diese Routine sorgt zumindest für eine gewisse Sicherheit und Fairness«, musste Tom zugeben, wohl wissend, dass diese Sicherheit bei den Menschen auf die eine oder andere Art untergraben würde, doch das behielt er lieber für sich und hoffte, dass die Elfen noch nicht so gefühlskalt und gemein waren.

»Hmmm!«, summte Jibby bestätigend und nicht ganz ohne Stolz.

»Da deine Sippe dich auf diese Art und Weise nicht loswerden konnte, hat sie es sich einfach gemacht und dich alleine zurückgelassen!«, knurrte Tom verärgert.

Jibby sah ihren Partner erschrocken an, denn sie hatte Tom noch nie wütend gesehen. Dann umarmte sie ihn rasch. »Bitte denk nicht mehr daran! Ich werde wohl nie verstehen, warum sie das getan haben und das ist jetzt auch nicht mehr wichtig, denn wir sind hier zusammen bei einer neuen, freundlichen Sippe und können das nun alles hinter uns lassen.«

Toms Gesichtszüge hellten sich ein wenig auf. »Tut mir leid, ich wollte keine unangenehmen Erinnerungen bei dir wecken, doch es ist für mich immer noch unerträglich, dass sie dir das angetan haben!«

»Ich weiß, denn mir geht es genauso. Doch ich möchte die Vergangenheit ruhen lassen und mit dir hier ein neues, angenehmes Leben beginnen«, gab Jibby zu.

Tom streichelte ihr über den Kopf. »Du hast recht, lass uns lieber nach vorne schauen.«

Jibby legte ihren Kopf auf seine Schulter und beide genossen die Nähe des anderen, bis die Elfe schließlich gähnte. »Lass uns zu Bett gehen, ich bin müde.«

Kurze Zeit später lag sie bereits schlafend in seinem Arm. Der junge Mann dachte daran, was sich in den letzten Tagen alles ereignet hatte, dass er Jibby kennenlernte und sie sein ganzes Leben durcheinanderwirbelte, er jedoch keinen Moment davon missen wollte! Wie es aussah, hatte er an diesem Ort mit ihr zusammen sein Glück gefunden. Auf einer fremden Welt bei einer Elfensippe! Wie wohl die restlichen Menschen auf der Erde reagierten, wenn sie wüssten, dass es eine Welt mit echten Elfen gab? Besser sie erfuhren es nie, dachte sich Tom noch, bevor er selig einschlief.

Das Aufnahme-Ritual

Der folgende Tag verlief zunächst wie gewohnt, doch zur Mittagszeit stellten die Elfen alle üblichen Arbeiten ein und begannen mit den Vorbereitungen für das Fest. So hatten auch Jibby und Tom den Nachmittag zur freien Verfügung. Als der junge Mann in das Baumheim zurückkehrte, war die Elfe nicht da. Sie hatte jedoch eine Nachricht hinterlassen, dass sie sich bei Vori'Tah befand. So machte sich Tom ein wenig frisch, zog neue Kleidung an und ruhte sich noch etwas aus, da er vermutete, dass die Feier länger dauern würde und sie beide heute wohl erst zu vorgerückter Stunde zu Bett gehen konnten. Jibby kehrte schließlich am späten Nachmittag zusammen mit Vori'Tah zurück. Die Heilerin hatte ihr die Haare schön geflochten und eine Blume in die Frisur gesteckt. Auch Jibbys Gesicht hatte sie geschminkt. Nun sah sie noch hübscher aus als sonst. Tom blickte sie mit großen Augen begeistert an. »Wow, du siehst wunderschön aus!«, lobte er seine Partnerin, worauf Jibby sich verlegen bedankte und Vori'Tah amüsiert schmunzelte. Sie hatte sich ebenfalls hübsch gemacht. »Du siehst auch toll aus!«, sagte Tom beeindruckt zu der alten Heilerin, die das Lob mit einem liebenswürdigen Lächeln und einer leichten Verbeugung annahm. So machten sie sich langsam auf den Weg zum Zentrum der Siedlung, wo die Elfen schon zahlreiche Tische und Stühle aufgestellt hatten. Einige Speisen wurden an mehreren Kochstellen vorbereitet und es roch angenehm und lecker. Der größte Teil der Elfensippe war bereits eingetroffen. Die meisten weiblichen Elfen waren hübsch anzusehen. Genjo Maran und Genji Tebbi begrüßten Tom, Jibby und Vori'Tah herzlich. Da noch etwas Zeit bis zum Beginn des Festes war, schlenderten die drei noch über den offenen Platz und genossen die festliche Stimmung. Sie wurden von vielen Elfen freundlich gegrüßt. Schließlich begann das Fest damit, dass Tom, Jibby und Vori'Tah sich im Zentrum des Platzes aufstellten, umringt von den anderen Elfen.

*

Etwas abseits stand ein Elf mittleren Alters und beobachtete die Szene interessiert. Er stellte überrascht fest, dass Vori'Tah an dem Ritual teilnahm. War die alte Heilerin etwa vor ihrer ehemaligen Sippe geflohen und hatte hier Asyl erhalten? Er kannte die Elfe gut, denn sie hatte ihm einst das Leben gerettet und zu der Liebe seines Lebens verholfen. Doch leider war diese Beziehung unerwünscht gewesen und hatte schließlich damit geendet, dass er eines Nachts aus der Elfensiedlung verschleppt und beinahe totgeprügelt wurde. Daran erinnerten bis heute die beiden Narben, die er im Gesicht trug. Als er die junge Elfe sah, die ebenfalls an dem Ritual teilnahm, erschrak er. Sie sah seiner ehemaligen Partnerin Silby mehr als ähnlich, trug die gleichen Gesichtszüge und hatte die gleichen Augen! Erneut wanderten seine Gedanken zurück in die Vergangenheit. Nach dem Überfall hatte er sich tagelang durch den Wald geschleppt, bis ihn der Heiler dieser Sippe mehr tot als lebendig gefunden und über lange Zeit wieder gesund gepflegt hatte. Danach hatte er nicht mehr den Mut besessen zur Siedlung seiner geliebten Silby zurückzukehren, weil er befürchtete dort getötet zu werden. Der Heiler hatte die gleichen Befürchtungen geäußert und ihm ebenfalls dringend davon abgeraten. Obwohl er sich nach seiner Partnerin verzehrte, gab es doch keine Möglichkeit mehr, sie jemals wiederzusehen. Er schämte sich sehr dafür, dass er sie im Stich gelassen hatte und fragte sich bis heute oft, wie es ihr ergangen war. Nun stand plötzlich dieses junge Elfenmädchen hier, das seiner Silby so unglaublich ähnlich sah, und nun sogar ein Gefühl der Zusammengehörigkeit in ihm weckte! Tränen traten ihm kurz in die Augen und er hatte Mühe sich zu beherrschen, während er die Szene betrachtete. Als er sich wieder gefangen hatte, wurde ihm klar, dass er sich Gewissheit verschaffen musste, wer dieses Elfenmädchen war! Da nun auch Vori'Tah hier war, konnte sie ihm sicher erzählen, was sich in Silbys Siedlung inzwischen zugetragen hatte. Vielleicht wusste sie auch etwas über diese junge Elfe. So nahm sich der Elf vor, die Heilerin schon bald zu besuchen, um endlich mehr über das Schicksal seiner damaligen Partnerin zu erfahren!

*

In diesem Moment trat Karam'Gor vor Vori'Tah, Jibby und Tom. Der kräftige Elf war sogar noch etwas größer als der junge Mann und bot eine beeindruckende Erscheinung, als er nacheinander den drei Emigranten eine Hand auf den Kopf legte und mit einem Zauberspruch die Signatur ihrer neuen Sippe verlieh. Darauf wurden sie in einer kurzen Rede von Genjo Maran und Genji Tebbi willkommen geheißen. Es folgte tosender Applaus von den anderen Elfen und die drei neuen Mitglieder der Sippe nahmen zahlreiche Glückwünsche entgegen. Dann begaben sich die Elfen zu Tisch und ein leckeres Mahl wurde gereicht. Jibby durfte am Kopf der Tafel platznehmen und war ganz gerührt von so viel Freundlichkeit und Beachtung. Die Elfen prosteten den neuen Mitgliedern ihrer Sippe mehrmals zu, dann nahm das Fest mit gutem Essen und angenehmer Musik seinen Lauf. Wie erwartet endete es erst spät in der Nacht. Trotzdem war Jibby auf dem Heimweg noch ganz aufgeregt und hingerissen. »So etwas Schönes habe ich noch nie erlebt und bin auch noch nie so freundlich behandelt worden!«, sagte sie begeistert, als sie an Tom geschmiegt zu ihrem Baumheim lief. »Endlich habe ich ein angenehmes Zuhause gefunden, in dem ich mit dir glückliches sein kann!«

Tom blieb stehen und nahm sie in die Arme. »Es freut mich, dass du dich hier so wohl fühlst. Mir geht es genauso, auch ich möchte hier ein schönes Leben mit dir führen.«

Als Jibby den Blick hob, hatte sie Freudentränen in den Augen, während sie Tom fest an sich drückte, der ihr zärtlich den Kopf streichelte. »Danke!«, sagte sie leise, während sie mit ihren Gefühlen kämpfte. »Danke, dass du dich die ganze Zeit so liebevoll um mich gekümmert und mich hierher gebracht hast! Ich hoffe, ich hab's dir nicht zu schwer gemacht, oder bin eine zu große Last gewesen.«

»Aber nein! So etwas darfst du nicht denken. Du bist mir nie eine Last gewesen. Im Gegenteil! Ich habe mich noch nie so wohl gefühlt, wie in deiner Nähe!« Er begann zu grinsen, als er eine Faust hob. »Außerdem habe ich dir doch gesagt, dass ich dir eins auf die Nase hau, wenn du mich ärgerst«, meinte er zwinkernd und gab ihr einen zärtlichen Stubs auf ihr Riechorgan, worauf sie amüsiert lächelte. Dann legte sie ihren Kopf auf seine Schulter und genoss seine Nähe, während er sie weiter streichelte. »Übrigens habe ich sehr wohl etwas gespürt, als Karam'Gor mir die magische Signatur übergab. Darauf hat sich eine wohlige Wärme in mir ausgebreitet. Seitdem kann ich die Pflanzen in der näheren Umgebung besser sehen und einige leuchten sogar ein wenig!«

»Dann hat die Signatur dir wohl diese Fähigkeit verliehen«; meinte Jibby überrascht. »Vielleicht siehst du dann bald genauso gut in der Nacht, wie wir Elfen.«

»Möglicherweise kann ich dann auch bald so gut zaubern wie ihr«, scherzte Tom schmunzelnd.

Jibby kicherte. »Da bin ich ja mal gespannt!«

Darauf setzten beide gut gelaunt ihren Heimweg fort und betraten kurze Zeit danach ihr Baumheim, wo Jibby den jungen Mann scherzhaft als Elf willkommen hieß und ihm einen Kuss gab. Als sie dann zu später Stunde nebeneinander im Bett lagen, umarmte Jibby ihren Partner nochmals mit Freudentränen und sagte ihm, wie lieb sie ihn hatte. Dann schlief sie glücklich an ihn gekuschelt ein. Tom hielt sie freudig im Arm und hatte das Gefühl, dass nun eine neue, viel bessere Zeit in ihrem Leben begann. Mit dieser angenehmen Gewissheit folgte er Jibby ins Land der Träume.

Danksagung

Mein Dank gilt vor allem meinem langjährigen Freund und Kollegen Ralf, der stets ein geduldiger Zuhörer und Ratgeber war! Seine zahlreichen guten Ideen und Vorschläge waren mir eine sehr große Hilfe!

Auch bei meiner Frau möchte ich mich bedanken. Ohne ihre ständige Unterstützung wäre dieses Projekt nicht möglich gewesen!

Michael Kerawalla wurde 1963 in Indien geboren und migrierte als Kind nach Deutschland. Er ist Diplom-Biologe und hat mehrere Jahre als Organisations-Programmierer gearbeitet. Nach dem Verlust des Arbeitsplatzes folgte er seiner Berufung als Autor und hat im Oktober 2006 seinen ersten Fantasy-Roman mit dem Titel „Stein der Finsternis" veröffentlicht. Im Jahr 2011 folgte sein zweiter Fantasy-Roman mit dem Titel „Turoon".
Michael Kerawalla lebt heute zusammen mit seiner Frau in der Nähe von Stuttgart.

Von Michael Kerawalla sind bisher erschienen:

Wuun-Serie:

Eine Fantasy-Romanreihe über die idyllische Welt Wuun und deren Bewohner, die immer wieder von dunklen Mächten bedroht und von diesen oft genug an den Rand ihrer Existenz gebracht werden.

> **Titel:**
> Stein der Finsternis (leider vergriffen)
> Turoon

Homoroid-Serie:

Eine dystopische Science-Fiction Romanreihe über ein Mädchen mit künstlicher Intelligenz in einer postapokalyptischen Welt.

> **Titel:**
> Timuris Auftrag

Jibby-Serie:

Eine Fantasy-Romanreihe über die Abenteuer einer einstmals misshandelten Elfe und ihrem menschlichen Partner.

> **Titel:**
> Die einsame Elfe

Weitere Bände der einzelnen Serien sind in Vorbereitung.

Kurzgeschichten:

Zusammen mit dem Autor Ralf Neubohn sind folgende Kurzgeschichten-Bände erschienen:

Titel:
Im Tal der Autoren
Flammenfeder live von der Gartenschau
Galaabend für die Gartenschau

Tipp: Wuun-Serie, Band 2: Turoon

Das Velbenmädchen Saira führt ein glückliches und sorgloses Leben auf dem Planeten Wuun. Sie absolviert gerade eine Lehre als Magierin und ist bereits die beste Schülerin ihres Meisters. Doch eines Tages wird sie plötzlich von ihrem Heimatplaneten auf die Wasserwelt Turoon entführt. Nach einer Transformation zu einem Tiefseewesen soll sie dort für den Rest ihres Daseins als Sklave in einer Mine arbeiten. Sie erlebt zum ersten Mal die Schrecken der Sklaverei. Die stumpfsinnige, harte körperliche Tortur, die tägliche Unterdrückung und Erniedrigung durch ihre Aufseher und die Grausamkeit und Gefühlskälte ihrer Herren. Doch Saira ist nicht bereit dieses Schicksal so einfach zu akzeptieren. Schließlich gelingt ihr zusammen mit dem Ausbilder Cherou die Flucht und eine lange, abenteuerliche und höchst gefährliche Jagd quer durch den Ozean nimmt ihren Lauf. Dabei werden die beiden Flüchtlinge immer tiefer in ein Netzwerk aus Intrigen, Verrat, Krieg und Zerstörung hinein gezogen, an dessen Ende sogar die Vernichtung des gesamten Planeten droht! Wird es ihnen gelingen das scheinbar unabwendbare Schicksal ihrer Welt noch zu ändern, die Sklaven zu befreien und ihrer Heimat wieder Frieden zu bringen? Welche Rolle spielt dabei der mächtige Feuerkristall mit seinen gewaltigen magischen Kräften?
Das erste große Tiefsee-Fantasy-Epos voller Spannung und Action, Intrige und Hinterhalt, Gefühl und Leidenschaft, Magie und Mystik!

Leseprobe

Der nächste Arbeitstag verlief ebenso ereignislos. Obwohl Torg die Lingits zu noch höherer Leistung nötigte, um Cherous Fehlen auszugleichen, fand Saira nach der Arbeit noch genug Kraft, um ihre Suche nach einer geeigneten Stelle zur Flucht fortzusetzen. Wieder streifte sie so vorsichtig wie möglich an den magischen Barrieren entlang, achtete darauf, von niemandem beobachtet zu werden. Zum Schutz legte sie noch einen Wach-Zauber um sich, der ihr die

Annäherung anderer Lebewesen melden würde. Ihre Suche blieb auch diesmal längere Zeit erfolglos. Sie wollte schon für den heutigen Tag aufgeben und zur Schlafhöhle zurück schwimmen, als sie auf einmal die Signatur eines bekannten Zaubers spürte. Vorsichtig näherte sie sich der Stelle und sah sich um. Das Gelände war hier völlig offen und kein Lebewesen konnte sich unbemerkt anschleichen. Zwar war Saira nun auch gut zu sehen, aber so weit von der Schlafhöhle entfernt war ihr bisher noch kein größeres Lebewesen begegnet. Vorsichtig tastete sie den Zauber ab, prüfte seine Funktion und seine Grenzen. Er war kompliziert, aber Saira war durchaus in der Lage, ihn soweit zu begrenzen, dass eine Öffnung entstand, durch die sie unbemerkt entwischen konnte. Triumphierend rieb sie sich die Hände. Endlich hatte sie eine Möglichkeit zur Flucht gefunden! Schon wollte sie sich auf den Zauber konzentrieren, um ihn soweit zu begrenzen, dass sie in der Lage war, hindurch zu schlüpfen. Da alarmierte sie plötzlich ihr Wach-Zauber über die Annäherung eines fremden Lebewesens! Saira sah sich erschrocken um, konnte aber zuerst nirgends etwas erkennen. Erst, als sie den Kopf hob, sah sie einen großen Galanx direkt von oben auf sie zu schwimmen. Er hatte sie wohl noch nicht entdeckt, weil er so gemächlich dahin schwamm, aber er konnte sie jeden Moment erspähen! Panik stieg in ihr auf. Hier in dem offenen Gelände gab es keinerlei Versteckmöglichkeiten. Wenn dieser Wächter sie bemerkte, hätte das bestimmt sehr unangenehme Folgen für sie, denn sie durfte sich hier eigentlich nicht aufhalten! Der Galanx kam immer näher! Was sollte sie nur tun? Verzweifelt sah sie sich um, aber es gab wirklich keine Möglichkeit sich zu verstecken! Schon war der Galanx so nah, dass er sie jeden Moment entdecken würde! Da tat Saira das einzig Richtige. Sie ließ sich auf den Sand sinken und wirkte einen Zauber, der sie unsichtbar machte. Das Problem war nur, dass dieser Zauber sehr viel Kraft kostete, so dass sie ihn nicht lange aufrecht erhalten konnte. Ausserdem beherrschte sie ihn noch nicht vollständig. Solange sie sich nicht bewegte, war alles in Ordnung. Doch jede noch so kleine

Bewegung würde zumindest ihre Konturen sichtbar machen, weil am Rand des Zaubers geringe Unregelmäßigkeiten auftraten, die nur ein erfahrener Magier unterbinden konnte. Dazu würde jedes leichte Flackern ihre Leuchtorgane durch den Zauber hindurch schimmern und sie verraten! Der Galanx war nun genau über Saira. Sie spürte sogar die Wasserströmungen, die sein Körper verursachte. Trotz ihrer Panik versuchte sie ruhig zu bleiben. Jetzt nur nicht bewegen und ja kein Licht abgeben! Der Galanx schien sie nicht bemerkt zu haben, denn er musterte nur scheinbar gelangweilt die Umgebung. Dann blickte er genau in ihre Richtung. Hatte er doch ihre Konturen bemerkt? Sein Blick blieb länger auf sie gerichtet. Saira wagte kaum zu atmen. Da entsann sie sich, dass der Zauber sie nur rein optisch schützte. Wenn er jetzt seinen Sonar benutzte, würde er sie sofort entdecken! Der Blick des Wächters war immer noch auf sie gerichtet. Saira konnte kaum noch ein Zittern unter-drücken. Zudem entzog ihr der Zauber immer mehr Kraft, so dass sie ihn bald nicht länger aufrecht erhalten konnte, aber der Galanx bewegte sich nicht von der Stelle. Sie ließ ein Stoßgebet los, dass er endlich weg schwimmen sollte, doch erst als Saira schon einer Ohnmacht nahe war, zog der Galanx schließlich mit langsamen Bewegungen weiter. Völlig entkräftet löste Saira den Zauber auf und lag schwer atmend im Sand. Das war gerade noch einmal gut gegangen! Sie hob den Kopf und sah sich vorsichtig um, aber es war niemand in der Nähe. Selbst diese Bewegung kostete sie enorme Anstrengung, doch sie musste zurück schwimmen, bevor die Dunkel-phase begann, sonst würde man ihr Fehlen bemerken. So mobilisierte sie schließlich all ihre Reserven und schleppte sich mit letzter Kraft zur Schlafhöhle. Der Weg schien unendlich weit zu sein. Allmählich begann ihr sogar schon die Sicht zu verschwimmen. Sie sah den Eingang der großen Höhle nur noch als unscharfe, leuchtende Kontur und hoffte, mit keinem anderen Lingit zusammen zu stoßen, während sie hindurch schwamm. An der nächstmöglichen Stelle ließ sie sich in den Sand sinken, dann brach sie bewusstlos zusammen.

Tipp: Homoroid-Serie, Band 1: Timuris Auftrag

Der Klimawandel verursachte extreme Wetterphänomene und dadurch großräumige Zerstörungen auf der Erde. Übrig blieben halb zerfallene Städte und Siedlungen, in der zahlreiche Überlebende ein entbehrungsreiches Leben führen, bestimmt von Anarchie und Gewalt. Der große Rest der Menschheit ließ ihren Geist jedoch vom Körper lösen und existiert nun in der Cyberwelt von Hope Of Mankind (HOM) weiter, einem riesigen Computer-Netzwerk. Dessen oberste Intelligenz Cyrus entwickelte ein eigenes Bewusstsein und begann die Geister der Menschen zu versklaven. Nach zahlreichen Hacker-Angriffen von außen sendet Cyrus Timuri, ein Mädchen mit künstlicher Intelligenz aus, um die Angriffe zu stoppen. Doch schon beim ersten Einsatz erkrankt Timuri schwer und wird von den Menschen der Rakanjo-Siedlung gerettet. Zuerst fällt ihr der Umgang mit den Menschen schwer, die sie für Barbaren hält. Doch bald schon wendet sich das Blatt, und Timuri muss sich zwischen den Menschen und Cyrus entscheiden, der seine Macht rasch ausbaut und droht, sämtliche Erdbewohner zu versklaven!

Eine dystopische Geschichte über künstliche Intelligenz, Anarchie, Machtmissbrauch und Menschlichkeit.

Leseprobe:

Nach vielen Tagen hatte sie ihren Körper endlich vollständig unter Kontrolle und konnte ihre Mission starten. Dazu erhielt sie noch eine schlichte Uniform, welche nur den Körper umhüllte, jedoch Kopf, Arme und Beine nicht bedeckte, dazu noch ein Paar metallverstärkte Kurzstiefel. Ihr Gleiter enthielt Nahrung und Wasser für mehrere Tage, sowie die nötigen Geräte für ihre Aufgabe. Dessen künstliche Intelligenz mit Namen Sam kannte den Standort, von wo aus die Cyberattacke stattfand. So machte sich Timuri auf den Weg und flog die angegebenen Koordinaten an. Als sie dort ankam, hatte sich das Wetter massiv verschlechtert. Starker Regen und ein eiskalter Wind hatten schon den Flug erschwert, doch jetzt musste Timuri bei diesem Wetter den Gleiter verlassen, um bei der Relais-Station den Zugriff zu prüfen. Nach kurzer Zeit war sie total durchnässt und fror erbärmlich in ihrer viel zu leichten Kleidung, doch sie schloss trotzdem ein Tablet an die Station an und fand tatsächlich eine Spur zu einer weiteren Relais-Station. So beeilte sich das junge Mädchen zum Gleiter zurückzukehren, nahm sich jedoch kaum Zeit zum Aufwärmen und steuerte schon die nächste Relais-Station an. Dort herrschten die gleichen Klimabedingungen, doch Timuri war nicht bereit besseres Wetter abzuwarten und führte auch dort wieder frierend ihre Prüfung durch, die sie zu einer weiteren Relais-Station leitete. Völlig durchgefroren ging sie auch dort ihrer Aufgabe nach. Bei der nächsten Station hatte sie bereits erhöhte Temperatur und erste Schmerzen im Hals, doch wieder ging sie in die eiskalte Witterung hinaus, machte ihre Tests und kehrte völlig durchgefroren zurück.

»Was ist denn los Sam, warum ist es hier drinnen plötzlich so kalt?«, fragte Timuri mit rauer Stimme und bleichem Gesicht.

»Die Raumtemperatur hat sich nicht verändert, nur deine Körpertemperatur ist stark angestiegen«, erklärte die künstliche Intelligenz.

»Ich fühle mich auch immer schlechter und habe Schmerzen im Hals. Weißt du, woran das liegt?«, fragte sie Sam.

»Dazu kann ich dir leider keine Auskunft geben«, meinte die künstliche Intelligenz.

»Sam, erhöhe die Raumtemperatur. Hier drinnen ist es eindeutig zu kalt!«, befahl Timuri frierend.

Die künstliche Intelligenz befolgte den Befehl und erhöhte die Temperatur im Gleiter.

Trotzdem begann Timuri zu zittern und konnte kaum noch die Steuerung bedienen. Ihre Halsschmerzen nahmen immer weiter zu und sie fühlte sich absolut miserabel.

»Sam, irgendetwas stimmt mit der Temperaturregelung nicht! Ich friere ganz extrem!«, sagte Timuri schnatternd.

»Ich kann die Temperatur nicht weiter erhöhen, sonst überhitzt sich dein Körper«, erwiderte die künstliche Intelligenz.

Inzwischen zitterte das Mädchen so sehr, dass es sich sogar auf die Steuerung übertrug, während sie sich kaum noch konzentrieren konnte. Der Gleiter schüttelte sich, wobei die Flugbahn immer instabiler wurde. Timuri fühlte sich erbärmlich, während der Schwindel in ihrem Kopf rasch zunahm. Sie fror und schwitzte gleichzeitig, ihr Atem ging stoßweise, ihr Hals schien zu verbrennen und ihre Gliedmaßen gehorchten ihr kaum noch.

»Pass auf die Steuerung auf!«, ermahnte sie Sam.

Timuri nahm die Stimme nur noch ganz entfernt wahr, während der Schwindel ihr bereits die Sicht trübte. Sie blinzelte mehrmals krampfhaft, doch sie konnte kaum noch etwas sehen. Ihr war so entsetzlich kalt und sie zitterte am ganzen Körper. Dadurch wurde auch der Gleiter immer heftiger hin und her geworfen. Sie atmete sehr schnell und hatte trotzdem das Gefühl zu ersticken, während ihr Hals einer Flammenhölle glich. Gleichzeitig schwitzte sie stark und der Schweiß lief ihr brennend in die Augen. Schließlich verließen sie die Kräfte. Sie verdrehte stöhnend die Augen, wobei ihr Kreislauf endgültig zusammenbrach. Dann fiel sie vornüber und blieb bewusstlos auf der Steuerkonsole liegen. Sam rief mehrfach ihren Namen, doch sie reagierte nicht mehr, während der Gleiter abkippte und dem Boden entgegenraste. Da sie sehr niedrig flogen, um nicht entdeckt zu werden, konnte die künstliche Intelligenz den Absturz nicht mehr verhindern, doch sie schaffte es im letzten Moment noch, den Aufprall zu mildern, so dass der Gleiter nicht allzu stark beschädigt und Timuri nicht verletzt wurde. Die Sicherheitsautomatik schaltete sämtliche Systeme bis auf die Lebenserhaltung ab. So lag Timuri bewusstlos und mit hohem Fieber in dem beschädigten Gleiter, während draußen das Unwetter mit unverminderter Stärke tobte und der heftige Regen gegen die Wände des Gleiters trommelte. Doch das junge Mädchen nahm es schon längst nicht mehr wahr.